Tucholsky Wagner Zola Scott Sydow Freud Schlegel
Turgenev Wallace Fonatne
Twain Walther von der Vogelweide Fouqué Friedrich II. von Preußen
Weber Freiligrath
Kant Ernst Frey
Fechner Weiße Rose von Fallersleben Richthofen Frommel
Fichte
Engels Fielding Hölderlin
Fehrs Faber Flaubert Eichendorff Tacitus Dumas
Eliasberg Ebner Eschenbach
Maximilian I. von Habsburg Fock Zweig
Feuerbach Ewald Eliot Vergil
Goethe Elisabeth von Österreich London
Mendelssohn Balzac Shakespeare Dostojewski Ganghofer
Trackl Lichtenberg Rathenau Doyle Gjellerup
Stevenson Tolstoi Hambruch
Mommsen Thoma Lenz Hanrieder Droste-Hülshoff
Dach Verne von Arnim Hägele Hauff Humboldt
Reuter Rousseau Hagen Hauptmann Gautier
Karrillon Garschin Baudelaire
Damaschke Defoe Hebbel
Descartes Hegel Kussmaul Herder
Wolfram von Eschenbach Darwin Dickens Schopenhauer Rilke George
Bronner Melville Grimm Jerome Bebel
Campe Horváth Aristoteles Voltaire Federer Proust
Bismarck Vigny Barlach Heine Herodot
Gengenbach
Storm Casanova Tersteegen Gilm Grillparzer Georgy
Chamberlain Lessing Langbein Gryphius
Brentano Claudius Schiller Lafontaine
Strachwitz Bellamy Schilling Kralik Iffland Sokrates
Katharina II. von Rußland Gerstäcker Raabe Gibbon Tschechow
Löns Hesse Hoffmann Gogol Wilde Gleim Vulpius
Luther Heym Hofmannsthal Klee Hölty Morgenstern Goedicke
Roth Kleist
Luxemburg Heyse Klopstock Puschkin Homer Mörike Musil
La Roche Horaz
Machiavelli Kierkegaard Kraft Kraus
Navarra Aurel Musset Moltke
Lamprecht Kind Kirchhoff Hugo
Nestroy Marie de France
Laotse Ipsen Liebknecht
Nietzsche Nansen Ringelnatz
Marx Lassalle Gorki Klett Leibniz
von Ossietzky May vom Stein Lawrence Irving
Petalozzi Knigge
Platon Pückler Michelangelo Kock Kafka
Sachs Poe Liebermann Korolenko
de Sade Praetorius Mistral Zetkin

Der Verlag tredition aus Hamburg veröffentlicht in der Reihe **TREDITION CLASSICS** Werke aus mehr als zwei Jahrtausenden. Diese waren zu einem Großteil vergriffen oder nur noch antiquarisch erhältlich.

Symbolfigur für **TREDITION CLASSICS** ist Johannes Gutenberg (1400 — 1468), der Erfinder des Buchdrucks mit Metalllettern und der Druckerpresse.

Mit der Buchreihe **TREDITION CLASSICS** verfolgt tredition das Ziel, tausende Klassiker der Weltliteratur verschiedener Sprachen wieder als gedruckte Bücher aufzulegen – und das weltweit!

Die Buchreihe dient zur Bewahrung der Literatur und Förderung der Kultur. Sie trägt so dazu bei, dass viele tausend Werke nicht in Vergessenheit geraten.

Vom Ich als Prinzip der Philosophie

Friedrich Wilhelm Joseph von Schelling

Impressum

Autor: Friedrich Wilhelm Joseph von Schelling
Umschlagkonzept: toepferschumann, Berlin

Verlag: tradition GmbH, Hamburg
ISBN: 978-3-8424-7074-3
Printed in Germany

Rechtlicher Hinweis:
Alle Werke sind nach unserem besten Wissen gemeinfrei und unterliegen damit nicht mehr dem Urheberrecht.

Ziel der TREDITION CLASSICS ist es, tausende deutsch- und fremdsprachige Klassiker wieder in Buchform verfügbar zu machen. Die Werke wurden eingescannt und digitalisiert. Dadurch können etwaige Fehler nicht komplett ausgeschlossen werden. Unsere Kooperationspartner und wir von tradition versuchen, die Werke bestmöglich zu bearbeiten. Sollten Sie trotzdem einen Fehler finden, bitten wir diesen zu entschuldigen. Die Rechtschreibung der Originalausgabe wurde unverändert übernommen. Daher können sich hinsichtlich der Schreibweise Widersprüche zu der heutigen Rechtschreibung ergeben.

Text der Originalausgabe

Friedrich Wilhelm Joseph Schelling

Vom Ich als Prinzip der Philosophie oder über das Unbedingte im menschlichen Wissen

> Say first, of God above, or Man below,
> What can we reason, but from what we know?
> Of Man, what see we but his Station here.
> From which ro reason, or to which refer?
> Through worlds unnumber'd though the God be known,
> 'Tis ours, to trace him only in our own.
>
> *Pope, Essay on Man, Ep. I, 17. sq.*

Vorrede zur ersten Auflage

[1]

Statt aller der Bitten, mit welchen ein Schriftsteller seinen Lesern und Beurteilern entgegenkommen kann hier nur eine einzige an die Leser und Beurteiler dieser Schrift, sie entweder gar nicht oder in ihrem ganzen Zusammenhang zu lesen, und entweder alles Urteils sich zu enthalten, oder den Verfasser nur nach dem Ganzen, nicht nach einzelnen aus dem Zusammenhang gerissenen Stellen, zu beurteilen. Es gibt Leser, welche in jede Schrift nur einen flüchtigen Blick werfen, um in der Schnelligkeit irgend etwas aufzufassen, das sie dem Verfasser als Verbrechen aufbürden, oder eine außer dem Zusammenhang unmöglich verständliche Stelle zu finden, mit der sie jedem, der die Schrift nicht selbst gelesen hat, beweisen können, daß der Verfasser Unsinn geschrieben habe. So könnten z. B. Leser jener Art bemerken, daß in der vorliegenden Schrift von Spinoza sehr häufig nicht »wie von einem toten Hunde« (um *Lessings* Ausdruck zu gebrauchen) geredet werde, und dann die Logik solcher Leute ist ja bekannt den schnellen Schluß machen, der Verfasser suche die längst widerlegten spinozistischen Irrtümer aufs Neue geltend zu machen. Für *solche* Leser (wenn man anders diesen Ausdruck hier gebrauchen darf) bemerke ich einerseits, daß diese Schrift gerade dazu bestimmt sei, das *nicht* schon *längst* widerlegte spinozistische System in seinem Fundament aufzuheben, oder vielmehr durch seine eignen Prinzipien zu stürzen, andrerseits aber, daß mir das spinozistische System mit allen seinen Irrtümern doch durch seine kühne Konsequenz unendlich achtungswürdiger sei, als die beliebten Koalitionssysteme unserer gebildeten Welt, die, aus den Lappen aller möglichen Systeme zusammengeflickt, der Tod aller wahren Philosophie werden. Zugleich räume ich solchen Lesern recht gerne ein, daß diejenigen Systeme, die nur immer zwischen Erde und Himmel schweben, und nicht mutvoll genug sind, auf den letzten Punkt alles Wissens hinzudringen, vor den gefährlichsten Irrtümern weit sicherer sind, als das System des großen Denkers, dessen Spekulation den freiesten Flug nimmt, alles aufs

---

[1] Nach dem Wiederabdruck derselben im ersten Band der philosophischen Schriften (Landshut 1809). A. d. O.

Spiel setzt, und entweder die *ganze* Wahrheit in ihrer ganzen Größe, oder gar keine Wahrheit will; dagegen bitte ich sie hinwiederum zu bedenken, daß, wer nicht kühn genug ist, die Wahrheit bis auf ihre ganze Höhe zu verfolgen, zwar den Saum ihres Kleides hie und da berühren, sie selbst aber niemals erringen kann, und daß die gerechtere Nachwelt den Mann, der, das Privilegium tolerierbarer Irrtümer verachtend, der Wahrheit frei entgegenzugehen den Mut hatte, weit über die Furchtsamen hinaufsetzen wird, die, um nicht auf Klippen und Sandbänke zu stoßen, lieber ewig vor Anker lägen.

Für Leser der anderen Art, die durch herausgerissene Stellen beweisen, daß der Verfasser Unsinn geschrieben habe, erinnere ich, daß ich auf die Ehre gewisser Schriftsteller, bei denen *jedes* Wort, in und außer seinem Zusammenhange, gleich viel bedeutet, Verzicht tue. Bei aller Bescheidenheit, die mir gebührt, bin ich mir doch bewußt, daß ich die hier vorgetragnen Ideen meinem eignen Nachdenken verdanke, und glaube daher keine unbillige Forderung zu tun, wenn ich nur von selbstdenkenden Lesern beurteilt sein will. Überdies geht die ganze Untersuchung auf Prinzipien, sie kann also auch nur nach *Prinzipien* geprüft werden. Ich habe versucht, die Resultate der kritischen Philosophie in ihrer Zurückführung auf die letzten Prinzipien alles Wissens darzustellen. Die einzige Frage also, die sich Leser dieser Schrift beantworten müssen, ist die: ob jene Prinzipien wahr oder falsch seien, und (sie mögen nun wahr oder falsch sein) ob durch sie wirklich die Resultate der kritischen Philosophie begründet seien. Eine solche auf die Prinzipien selbst gehende Prüfung *wünschte* ich dieser Schrift; *erwarten* kann ich sie nur von solchen Lesern nicht, denen alle Wahrheit gleichgültig ist, oder die voraussetzen, daß nach Kant keine neue Untersuchung der Prinzipien möglich sei, und die höchsten Prinzipien seiner Philosophie schon von ihm selbst aufgestellt seien. Jeden ändern Leser – sein System sei, welches es wolle – muß die Frage über die höchsten Prinzipien alles Wissens interessieren, weil auch sein System, selbst wenn es das System des Skeptizismus ist, nur durch seine *Prinzipien* wahr sein kann. Mit Leuten, die alles Interesse an Wahrheit verloren haben, läßt sich deswegen nichts anfangen, weil man ihnen nur mit Wahrheit beikommen könnte; hingegen glaube ich, gegen solche Anhänger Kants, die voraussetzen, daß er selbst schon die Prinzipien alles Wissens aufgestellt habe, bemerken zu dürfen, daß sie wohl den Buchstaben, aber nicht den Geist ihres Lehrers gefaßt haben, wenn sie nicht einsehen lernten, daß der ganze Gang der Kritik der reinen Vernunft unmöglich der Gang der Philosophie als Wissenschaft sein könne, daß das Erste, wovon sie ausgeht, das Dasein ursprünglicher, nicht *durch* Erfahrung möglicher Vorstellungen, selbst nur durch höhere Prinzipien erklärbar sein muß, daß z.B. jene Notwendigkeit und Allgemeingültigkeit, die Kant als ihren auszeichnenden Charakter aufstellt, schlechterdings nicht auf das bloße *Gefühl* derselben gegründet sein könne (was doch notwendig der Fall sein müßte, wenn sie nicht durch höhere Grundsätze bestimmbar wäre, die selbst der Skeptizismus, der durch keine *bloß gefühlte* Notwendigkeit umgestürzt werden kann, voraussetzen muß); daß ferner Raum und Zeit, die doch nur Formen der Anschauung sein sollen, unmöglich vor aller Synthesis vorhergehen, und also keine *höhere* Form der Synthesis voraussetzen können[2] daß ebensowenig die *untergeordnete*, abgeleitete Synthesis durch *Verstandesbegriffe* ohne eine ursprüngliche Form und einen ursprünglichen Inhalt, der *aller* Synthesis, wenn sie Synthesis sein soll, zugrunde liegen muß, gedenkbar sei. Dies fällt desto mehr auf, da die *kantischen* Deduktionen selbst es auf den ersten Anblick verraten, daß sie höhere Prinzipien voraussetzen. So nennt Kant als die einzig möglichen Formen sinnlicher Anschauung Raum und Zeit, ohne sie nach irgend einem Prinzip (wie z.B. die Kategorien nach dem Prinzip der logischen Funktionen des Urteilens) erschöpft zu haben. So sind zwar die Kategorien nach der Tafel der Funktionen des Urteilens, diese selbst aber nach gar keinem Prinzip, angeordnet. Betrachtet man die Sache genauer, so findet sich, daß die im Urteilen enthaltene Synthesis zugleich mit der durch die Kategorien ausgedrückten nur eine *abgeleitete* ist, und beide nur durch eine ihnen zugrunde liegende ursprünglichere Synthesis (die Synthesis der Vielheit in der Einheit des Bewußtseins überhaupt), und *diese* selbst wieder nur durch eine höhere absolute Einheit begriffen wird, daß also die Einheit des Bewußtseins nicht durch die Formen der Urteile, sondern umgekehrt diese zugleich mit den Kategorien nur durch

---

[2] Ich finde, daß Beck in der Vorrede zum zweiten Teil seines Kommentars über Kant einen ähnlichen Gedanken äußert. Ich kann aber noch nicht beurteilen, wie nahe oder entfernt die Gedanken dieses, in den Geist seines Schriftstellers so sichtbar eingedrungenen, Kommentators den meinigen verwandt seien.

das Prinzip jener Einheit bestimmbar seien. Ebenso lassen sich die vielen scheinbaren Widersprüche der kantischen Schriften, die man den Gegnern der kritischen Philosophie schon lange (besonders insofern sie die Dinge an sich betreffen) hätte einräumen sollen, schlechterdings nur durch höhere Prinzipien schlichten, die der Verfasser der Kritik der reinen Vernunft überall nur *voraussetzte*. Endlich gesetzt auch, daß die theoretische Philosophie Kants überall den bündigsten Zusammenhang behauptete, so ist doch seine theoretische und praktische Philosophie schlechterdings durch kein gemeinschaftliches Prinzip verbunden, die praktische scheint bei ihm nicht ein und dasselbe Gebäude mit der theoretischen, sondern nur ein Nebengebäude der ganzen Philosophie zu bilden, das noch dazu beständigen Angriffen vom Hauptgebäude aus bloßgestellt ist, dagegen, woferne das erste Prinzip der Philosophie gerade wieder ihr letztes ist, wenn das, womit *alle*, auch theoretische, Philosophie anfängt, selbst wieder letztes Resultat der praktischen ist, in dem sich alles Wissen endet, die ganze Wissenschaft in ihrer höchsten Vollendung und Einheit möglich werden muß.

Man darf, denke ich, alles Bisherige nur nennen, um das Bedürfnis einer durch höhere Prinzipien geleiteten Darstellung der kantischen Philosophie begreiflich zu machen; ja ich glaube, daß gerade bei einem solchen Schriftsteller der Fall eintritt, da man ihn *einzig* und *allein* den Prinzipien gemäß, die er vorausgesetzt haben muß, erklären, und selbst gegen den ursprünglichen Sinn seiner Worte den noch ursprünglicheren der Gedanken behaupten muß. Der vorliegende Versuch nun soll diese *Prinzipien* aufstellen. Ich wüßte mir für diesen Versuch kein größeres Glück zu versprechen, als Prüfung der in ihm aufgestellten Prinzipien; selbst die strengste Prüfung, wenn sie nur diesen Namen verdient, würde ich mit einer Dankbarkeit aufnehmen, die gewiß mit der Wichtigkeit des Gegenstandes, den sie betreffen müßte, im Verhältnis stünde. Der achtungswerte Rezensent der Abhandlung über die Möglichkeit einer Form der Philosophie überhaupt in den hiesigen gel. Anz. (1795. 12tes Stück) hat über das dort aufgestellte Prinzip eine Beimerkung mitgeteilt, die gerade den eigentlichen Hauptpunkt der ganzen Untersuchung trifft. Ich glaube aber seinen Zweifeln in der folgenden Abhandlung Genüge getan zu haben. Wäre freilich das aufgestellte Prinzip ein objektives Prinzip, so würde man unmöglich begreifen können, wie dieses Prinzip von keinem hohem abhängig sein sollte; das Unterscheidende aber des neuen Prinzips liegt gerade darin, daß es gar kein *objektives* Prinzip sein soll. Darüber bin ich mit dem Rezensenten einverstanden, daß ein objektives Prinzip nicht das höchste sein könne, weil ein solches nur wieder durch ein anderes Prinzip gefunden werden muß; die einzige zwischen ihm und mir streitige Frage ist also nur die: ob es kein Prinzip geben könne, das schlechterdings nicht objektiv sei, und doch die gesamte Philosophie begründe? Wenn wir freilich das, was das Letzte in unserm Wissen ist, nur als ein stummes Gemälde außer uns (nach Spinozas Vergleichung) betrachten müßten, so würden wir niemals wissen, *daß* wir wissen; wenn dieses aber selbst Bedingung alles Wissens, ja Bedingung seiner eigenen Erkenntnis, also das einzige Unmittelbare in unserm Wissen ist, so wissen wir eben dadurch, daß wir wissen, wir haben das Prinzip gefunden, von dem Spinoza sagen konnte, es sei das Licht, das sich selbst und die Finsternis erhelle.[3]

Es steht der Philosophie überhaupt übel an, das Urteil über die *Prinzipien* durch vorangehende Aufzählung der *Resultate* zu bestechen, oder überhaupt sich gefallen zu lassen, daß man ihre Prinzipien nur an dem materialen Interesse des gemeinen Lebens messe. Indes, da ein wohlmeinender Mann denn doch in guter Absicht die Frage tun kann, wohin eigentlich solche Grundsätze, die man als ganz neue aufstellt, führen sollen, ob sie ein bloßes Eigentum der Schule bleiben sollen, oder ins Leben selbst übergehen werden, so kann man ihm, wenn man nur nicht sein Urteil über die Prinzipien selbst zum voraus dadurch bestimmen will, immerhin auf die Frage antworten. Nur in dieser Hinsicht allein, und nur in bezug auf gewisse Leser, sei es mir erlaubt, in Ansehung der Prinzipien, die der folgenden Abhandlung zugrunde liegen, zu bemerken, daß eine Philosophie, die auf das Wesen des Menschen selbst gegründet ist, nicht auf tote Formeln, als eben so viele Gefängnisse des menschli-

---

[3] In der Originalauflage folgen hier einige Bemerkungen gegen eine in Jacobs philos. Annalen (Jan. 1794, 4. Stück) erschienene Rezension der Schrift »Über die Möglichkeit usw.«, sie enthalten einen Nachweis der Insinuationen und Verdrehungen, die sich der Rezensent erlaubt hatte, gegen die der Verfasser bereits eine vorläufige Erklärung ins Intelligenzbl. der A. Lit. Z. 1795, Nr. 31, hatte einrücken lassen. A. d. O.

chen Geistes, oder nur auf ein philosophisches Kunststück gehen könne, das die vorhandenen Begriffe nur wieder auf höhere zurückführt und das lebendige Werk des menschlichen Geistes in tote Vermögen begräbt; daß sie vielmehr, wenn ich es mit einem Ausdruck *Jacobis* sagen soll, darauf geht, Dasein zu enthüllen und zu offenbaren, daß also ihr *Wesen, Geist*, nicht Formel und Buchstabe, ihr höchster Gegenstand aber nicht das durch Begriffe Vermittelte, mühsam in Begriffe Zusammengefaßte, sondern das unmittelbare nur sich selbst Gegenwärtige im Menschen sein müsse; daß ferner ihre Absicht nicht bloß auf eine Reform der Wissenschaft, sondern auf gänzliche Umkehrung der Prinzipien, d.h. auf eine Revolution derselben, gehe, die man als die zweite mögliche im Gebiete der Philosophie betrachten kann. Die *erste* erfolgte, da man als Prinzip alles Wissens Erkenntnis der Objekte aufstellte; bis zu der zweiten Revolution war alle Veränderung nicht Veränderung der Prinzipien selbst, sondern Fortgang von einem Objekt zum ändern, und da es zwar nicht für die Schule, aber doch für die Menschheit selbst gleichgültig ist, *welchem* Objekt sie diene, so konnte auch der Fortgang der Philosophie von einem Objekte zum ändern nicht Fortgang des menschlichen Geistes selbst sein. Darf man also noch von irgend einer Philosophie Einfluß auf das menschliche Leben selbst erwarten, so darf man dies von der neuen nur durch gänzliche Umkehrung der Prinzipien möglichen Philosophie.

Es ist ein kühnes Wagestück der Vernunft, die Menschheit freizulassen und den Schrecken der objektiven Welt zu entziehen; aber das Wagestück kann nicht fehlschlagen, weil der Mensch in dem Maße größer wird, als er sich selbst und seine Kraft kennen lernt. Gebt dem Menschen das Bewußtsein dessen, was er *ist*, er wird bald auch lernen, zu sein, was er *soll*: gebt ihm *theoretische* Achtung vor sich selbst, die *praktische* wird bald nachfolgen. Vergebens würde man vom guten Willen der Menschen große Fortschritte der Menschheit hoffen, denn um besser zu werden, müßten sie schon vorher gut sein; eben deswegen aber muß die Revolution im Menschen vom *Bewußtsein* seines Wesens ausgehen, er muß theoretisch gut sein, um es praktisch zu werden, und die sicherste Vorübung auf eine mit sich selbst übereinstimmende Handlungsweise ist die Erkenntnis, daß das *Wesen* des Menschen selbst nur in der Einheit und durch Einheit bestehe; denn der Mensch, der einmal zu dieser

Überzeugung gekommen ist, wird auch einsehen, daß Einheit des Wollens und des Handelns ihm ebenso natürlich und notwendig sein müsse, als Erhaltung seines Daseins: und – *dahin* soll ja der Mensch kommen, daß Einheit des Wollens und des Handelns ihm so natürlich wird, als der Mechanismus seines Körpers und die Einheit seines Bewußtseins.

Einer Philosophie nun, die als ihr erstes Prinzip die Behauptung aufstellt, daß das Wesen des Menschen nur in absoluter Freiheit bestehe, daß der Mensch kein Ding, keine Sache, und seinem eigentlichen Sein nach überhaupt kein Objekt sei, sollte man freilich in einem erschlafften Zeitalter wenig Fortgang versprechen, das vor jeder aufgeregten, dem Menschen eigentümlichen Kraft zurückbebt, und bereits das erste große Produkt jener Philosophie, das den Geist des Zeitalters für jetzt noch *schonen* zu wollen schien, zur hergebrachten Unterwürfigkeit unter die Herrschaft objektiver Wahrheit, oder wenigstens zu dem demutigen Bekenntnis, daß die *Grenzen* derselben nicht Wirkung absoluter *Freiheit*, sondern bloße Folgen der anerkannten *Schwäche* des menschlichen Geistes und der *Eingeschränktheit* seines Erkenntnisvermögens seien, herabzustimmen versucht hat. Aber es wäre eine der Philosophie unwürdige Verzagtheit, wenn sie nicht selbst hoffte, mit dem neuen großen Gang, den sie zu nehmen beginnt, auch dem menschlichen Geist eine neue Bahn vorzuzeichnen, den Erschlafften Stärke, den zerknirschten und zerschlagenen Geistern Mut und Selbstkraft zu geben, den Sklaven objektiver Wahrheit durch Ahnung der Freiheit zu erschüttern, und den Menschen, der in nichts als in seiner Inkonsequenz konsequent ist, zu lehren, daß er sich nur durch Einheit seiner Handlungsweise und durch strenge Verfolgung seiner Prinzipien retten könne.

Es ist schwer, der Begeisterung zu widerstehen, wenn man den großen Gedanken denkt, daß, so wie alle Wissenschaften, selbst die empirischen nicht ausgenommen, immermehr dem Punkt vollendeter Einheit entgegeneilen, auch die Menschheit selbst, das Prinzip der Einheit, das der Geschichte derselben von Anfang an als Regulativ zugrunde liegt, am Ende als konstitutives Gesetz realisieren werde; daß, so wie alle Strahlen des menschlichen Wissens und die Erfahrungen vieler Jahrhunderte sich endlich in einem Brennpunkte der Wahrheit sammeln und die Idee zur Wirklichkeit bringen werden, die schon mehreren großen Geistern vorgeschwebt hat, daß nämlich aus allen verschiedenen Wissenschaften am Ende nur eine werden müsse – ebenso auch die verschiedenen Wege und Abwege, die das Menschengeschlecht bis jetzt durchlaufen hat, endlich in einem Punkte zusammenlaufen werden, an dem sich die Menschheit wieder sammeln und als eine vollendete Person demselben Gesetze der Freiheit gehorchen werde. Mag dieser Zeitpunkt noch so entfernt, mag es auch noch so lange möglich sein, über die kühnen Hoffnungen vom Fortgang der Menschheit ein vornehmes Gelächter aufzuschlagen, so ist doch für diejenigen, denen diese Hoffnungen keine Torheit sind, das große Werk aufbehalten, durch gemeinschaftliches Arbeiten an der *Vollendung* der Wissenschaften jene große Periode der Menschheit wenigstens vorzubereiten. Denn alle Ideen müssen sich zuvor im Gebiete des Wissens realisiert haben, ehe sie sich in der Geschichte realisieren; und die Menschheit wird nie eines werden, ehe ihr Wissen zur Einheit gediehen ist.

Die Natur hat für menschliche Augen weislich durch die Einrichtung gesorgt, daß sie nur durch Dämmerung zum vollen Tag übergehen. Was Wunder auch, daß noch in den untern Regionen kleine Nebel zurückbleiben, während die Berge schon im Sonnenglanze dastehen. Wenn aber die Morgenröte einmal da ist, kann die Sonne nicht ausbleiben. Diesen schöneren Tag der Wissenschaft wirklich heraufzuführen, ist nur wenigen – vielleicht nur einem – vorbehalten, aber immerhin mög' es dem Einzelnen, der den kommenden Tag ahnet, vergönnt sein, sich zum voraus desselben freuen.

Was ich in dem folgenden Versuche und auch in der Vorrede gesagt habe, ist, wie ich wohl weiß, für Viele zu *viel*, für mich selbst zu *wenig*; desto größer aber ist der Gegenstand, den beide betreffen. Ob es zu große Kühnheit war, über einen solchen Gegenstand mitzusprechen, darüber kann nur der Versuch selbst Rechenschaft geben – sie mag nun ausfallen, wie sie will, so wäre jede vorher gegebene Antwort verlerne Mühe gewesen. Daß ein Leser, der auf Verdrehungen und Mißverständnisse ausgeht, Mängel genug *finden* kann, ist natürlich; daß ich aber nicht zum voraus jeden Tadel als ungerecht, jede Belehrung als zwecklos ansehe, glaube ich durch bescheidene Bitte um strenge Prüfung deutlich genug zu erklären. Daß ich Wahrheit *gewollt* habe, weiß ich ebenso gut, als ich mir bewußt bin, in einer Lage, die fragmentarisches Arbeiten in diesem

Felde nicht notwendig macht, mehr tun zu können; und hoffen darf ich es, daß mir noch irgend eine glückliche Zeit vorbehalten ist, in der es mir möglich wird, der Idee, ein Gegenstück zu Spinozas Ethik aufzustellen, Realität zu geben.[4]

Tübingen, den 29. März 1795.

---

[4] Die Vorrede zum ersten Band der philosophischen Schriften charakterisiert diese Schrift vom Ich mit den Worten: »Sie zeigt den Idealismus in seiner frischesten Erscheinung, und vielleicht in einem Sinn, den er späterhin verlor. Wenigstens ist das Ich noch überall als absolutes, oder als Identität des Subjektiven und Objektiven schlechthin, nicht als subjektives genommen.« A. d. O.

[Übersicht]

1. *Deduktion* eines letzten Realgrunds unseres Wissens *überhaupt*, § 1.
2. *Bestimmung* desselben durch den Begriff des *Unbedingten*. Das Unbedingte nämlich kann

    a. weder in einem *absoluten Objekt*,

    b. noch in dem durchs Subjekt *bedingten Objekt*, oder dem durchs *Objekt bedingten Subjekt*,

    c. überhaupt nicht in der Sphäre der *Objekte*, § 2.

    d. also nur im absoluten Ich gefunden werden. Realität des absoluten Ichs überhaupt, § 3.

3. Deduktion aller möglichen *Ansichten* des Unbedingten a priori.

    a. Prinzip des *vollendeten Dogmatismus*, § 4.

    b. Prinzip des *unvollendeten Dogmatismus* und *Kritizismus*, § 5.

    c. Prinzip des *vollendeten* Kritizismus, § 6.

4. Deduktion der *Urform* des Ichs, der *Identität*, und des obersten Grundsatzes, § 7.
5. Deduktion der Form seines *Gesetztseins* – durch absolute *Freiheit* – in intellektualer Anschauung, § 8.
6. Deduktion der untergeordneten Formen des Ichs.

    a. Der *Quantität* nach – *Einheit*, und zwar absolute, im Gegensatz

       aa. gegen Vielheit,

       bb. gegen empirische Einheit, § 9. b. Der *Qualität* nach   aa. absolute *Realität* überhaupt im Gegensatz   α. gegen die behauptete Realität der *Dinge an sich*, oder   β.

eines *objektiven Inbegriffs* aller Realität, § 10.   bb. als absolute Realität auch absolute *Unendlichbarkeit*.

cc. als absolute Realität auch absolute *Unteilbarkeit*

dd. als absolute Realität auch absolute Unveränderlichkeit, § 11. c. Der *Relation* nach   aa. absolute *Substantialität*, im Gegensatz gegen abgeleitete, empirische, § 12. bb. absolute *Kausalität*, und zwar immanente, § 13, im Gegensatz   α. gegen Kausalität des *moralischen* und β. des *vernünftig-sinnlichen* Wesens, insofern es nach Glückseligkeit strebt. Deduktion der Begriffe von *Moralität* und *Glückseligkeit*, § 14. d. der *Modalität* nach – *reines absolutes* Sein im Gegensatz gegen *empirisches* Sein überhaupt, und zwar: aa. gegen *empirische Ewigkeit*,   bb. gegen bloß *logische*   cc. oder *dialektische* Wirklichkeit,   dd. gegen alle empirische *Bestimmung* des Seins, Möglichkeit, Wirklichkeit, Notwendigkeit (*Dasein* überhaupt),   ee. gegen das behauptete absolute Sein der *Dinge an sich* – (im Vorbeigehen Bestimmung der Begriffe von *Idealism* und *Realism*), ff. gegen das *Dasein* der empirischen Welt überhaupt, § 15,

7. *Deduktion* der durchs Ich begründeten Formen aller *Setzbarkeit*.

a. Form der thetischen Sätze überhaupt.

b. Bestimmung derselben durch die *untergeordneten* Formen.

aa. Der *Quantität* nach – Einheit.

bb. Der *Qualität* nach – Bejahung.

cc. der *Modalität* nach – reines Sein, wobei insbesondere die Urbegriffe des *Seins*, des *Nicht-Seins* und des *Daseins* von den abgeleiteten der *Möglichkeit*, der *Wirklichkeit* und *Notwendigkeit* getrennt, diese aber überhaupt in bezug auf das *endliche Ich* betrachtet, und zwar: α. auf das *moralische* angewandt, und   aa). der Begriff von *praktischer*

Möglichkeit, Wirklichkeit und Notwendigkeit, bb). aus diesen Begriffen der Begriff von *transzendentaler Freiheit* deduziert, und die Probleme, denen er zugrunde liegt, erörtert werden. b. auf das theoretische Subjekt – in bezug auf *Zweckverknüpfung* in der Welt. § 16.

§ 1.

Wer etwas wissen will, will zugleich, daß sein Wissen Realität habe. Ein Wissen ohne Realität ist kein Wissen. Was folgt daraus?

Entweder muß unser Wissen schlechthin ohne Realität – ein ewiger Kreislauf, ein beständiges wechselseitiges Verfließen aller einzelnen Sätze ineinander, ein Chaos sein, in dem kein Element sich scheidet, oder –

Es muß einen letzten Punkt der Realität geben, an dem alles hängt, von dem aller Bestand und alle Form unsers Wissens ausgeht, der die Elemente scheidet und jedem den Kreis seiner fortgehenden Wirkung im Universum des Wissens beschreibt.

Es muß etwas geben, in dem und durch welches alles, was da ist, zum Dasein, alles, was gedacht wird, zur Realität, und das Denken selbst zur Form der Einheit und Unwandelbarkeit gelangt. Dieses Etwas (wie wir es für jetzt problematisch bezeichnen können) müßte das Vollendende im ganzen System des menschlichen Wissens sein, es müßte überall, wo unser letztes Denken und Erkennen noch hinreicht – im ganzen *kosmos* unseres Wissens – zugleich als Urgrund aller Realität herrschen.

Gibt es überhaupt ein Wissen, so muß es ein Wissen geben, zu dem ich nicht wieder durch ein anderes Wissen gelange, und durch welches allein alles andere Wissen Wissen ist. Wir brauchen nicht eine besondere Art von Wissen vorauszusetzen, um zu diesem Satze zu gelangen. Wenn wir nur überhaupt etwas wissen, so müssen wir auch Eines wenigstens wissen, zu dem wir nicht wieder durch ein anderes Wissen gelangen, und das selbst den Realgrund alles unseres Wissens enthält.

Dieses Letzte im menschlichen Wissen kann also seinen Realgrund nicht wieder in etwas anderem suchen müssen, es ist nicht nur *selbst* unabhängig von irgend etwas Höherem, sondern, da unser Wissen nur von der Folge zum Grund aufsteigt und umgekehrt vom Grund zur Folge fortschreitet, muß auch das, was das Höchste und für uns Prinzip alles Erkennens ist, nicht wieder durch ein anderes Prinzip *erkennbar* sein, d.h. das Prinzip seines Seins und das

Prinzip seines Erkennens[5] muß zusammenfallen, muß Eines sein, denn nur, weil es *selbst*, nicht weil irgend etwas anderes ist, kann es gedacht werden. Es muß also gedacht werden, nur weil es ist, und es muß sein, nicht weil irgend etwas anderes, sondern weil es selbst gedacht wird: sein Bejahen muß in seinem Denken enthalten sein, es muß sich durch sein Denken selbst hervorbringen. Müßte man, um zu seinem Denken zu gelangen, ein anderes denken, so wäre dieses höher als das Höchste, was sich widerspricht: um zum Höchsten zu gelangen, brauche ich nichts, als dieses Höchste selbst – das Absolute kann nur durchs Absolute gegeben werden.

Unsere Untersuchung wird also nun schon bestimmter. Wir setzten ursprünglich nichts, als einen letzten Grund der Realität alles Wissens: nun haben wir durch das Merkmal, daß er letzter, absoluter Grund sein müsse, schon zugleich sein Sein bestimmt. Der letzte Grund aller Realität nämlich ist ein Etwas, das nur durch sich selbst, d.h. durch sein Sein denkbar ist, das nur insofern gedacht wird, als es ist, kurz, *bei dem das Prinzip des Seins und des Denkens zusammenfällt*. Unsere Frage läßt sich nun schon ganz bestimmt ausdrücken, und die Untersuchung hat einen Leitfaden, der sie niemals verlassen kann.

---

[5] Man verstatte diesen hier in der allgemeinsten Bedeutung gebrauchten Ausdruck, solange das Etwas, das wir suchen, nur noch problematisch bestimmt ist. (Anmerkung der ersten Auflage.)

§ 2.

Ein Wissen, zu dem ich nur durch ein anderes Wissen gelangen kann, heiße ich ein *bedingtes* Wissen. Die Kette unseres Wissens geht von einem Bedingten zum ändern; entweder muß nun das Ganze keine Haltung haben, oder man muß glauben können, daß es so ins Unendliche fortgehe, oder es muß irgend einen letzten Punkt geben, an dem das Ganze hängt, der aber eben deswegen allem, was noch in die Sphäre des Bedingten fällt, in Rücksicht auf das Prinzip seines Seins geradezu *entgegengesetzt*, d.h. nicht nur unbedingt, sondern schlechthin *unbedingbar* sein muß.

Alle möglichen Theorien des Unbedingten müssen sich, wenn die einzig-richtige einmal gefunden ist, a priori bestimmen lassen; solange diese selbst noch nicht aufgestellt ist, muß man dem empirischen Fortgang der Philosophie folgen; ob in diesem alle möglichen Theorien liegen, muß sich am Ende erst ergeben.

Sobald die Philosophie Wissenschaft zu werden anfängt, muß sie auch einen obersten Grundsatz und mit ihm irgend etwas Unbedingtes wenigstens *voraussetzen*.

Das Unbedingte im *Objekt*, im *Ding* suchen, kann nicht heißen es im *Gattungsbegriff* von Ding suchen. Denn daß ein Gattungsbegriff nichts Unbedingtes sein könne, springt in die Augen. Mithin muß es so viel heißen, als das Unbedingte in einem *absoluten* Objekt suchen, das weder Gattung, noch Art, noch Individuum ist – (Prinzip des vollendeten *Dogmatismus*).

Allein, was Ding ist, ist zugleich selbst *Objekt* des Erkennens, ist also selbst ein Glied in der Kette unsers Wissens, fällt selbst in die Sphäre der Erkennbarkeit, und kann also nicht den Realgrund *alles* Wissens und Erkennens enthalten. Um zu einem Objekt, als solchem, zu gelangen, muß ich schon ein anderes Objekt haben, dem es entgegengesetzt werden kann, und wenn das Prinzip alles Wissens im Objekt liegt, so muß ich selbst wieder ein neues Prinzip haben, um dieses Prinzip zu finden.

Ferner das Unbedingte soll (§ 1) sich selbst realisieren, sich selbst durch sein Denken hervorbringen; das Prinzip seines Seins und seines Denkens soll zusammenfallen. Allein ein Objekt realisiert sich niemals selbst; um zur Existenz eines Objekts zu gelangen, muß ich über den Begriff des Objekts hinausgehen: seine Existenz ist kein Teil seiner Realität: ich kann seine Realität denken, ohne es zugleich als existierend zu setzen. Man nehme z.B. an, daß *Gott*, insofern er als Objekt bestimmt ist, Realgrund unsers Wissens sei, so fällt er ja, insofern er *Objekt* ist, selbst in die Sphäre unsers Wissens, kann also für uns nicht der letzte Punkt sein, an dem diese ganze Sphäre hängt. Wir wollen auch nicht wissen, was Gott *für sich selbst* ist, sondern was er für uns in bezug auf unser *Wissen* ist; Gott kann also immerhin für sich selbst Realgrund *seines* Wissens sein, aber für uns ist er es nicht, weil er für uns *selbst Objekt* ist, also in der Kette unsers Wissens selbst irgend einen Grund voraussetzt, der ihm seine Notwendigkeit für dasselbe bestimmt.

Objekt überhaupt bestimmt sich als solches, eben deswegen, *weil*, und *insofern*, als es Objekt ist, seine Realität niemals selbst; denn es ist nur *insofern Objekt*, als ihm seine Realität durch etwas anderes bestimmt ist: ja insofern es Objekt ist, setzt es notwendig etwas voraus, in bezug auf welches es *Objekt* ist, d.h. ein Subjekt.

Subjekt nenne ich vorjetzt das, was nur im *Gegensatz*, aber doch *in bezug* auf ein schon gesetztes *Objekt*, bestimmbar ist. *Objekt* das, was nur im *Gegensatz*, aber *doch in bezug* auf ein Subjekt, bestimmbar ist. Wenn also das Objekt überhaupt nicht das Unbedingte sein kann, weil es notwendig ein Subjekt voraussetzt, das ihm durch das Herausgehen aus der Sphäre seines bloßen Gedachtwerdens sein *Dasein* bestimmt, so ist der nächste Gedanke, das Unbedingte in dem durchs Subjekt bestimmten, nur in bezug auf dieses denkbaren Objekt, oder, da Objekt notwendig Subjekt, Subjekt notwendig Objekt voraussetzt, in dem durchs Objekt bestimmten, nur in bezug auf dieses denkbaren Subjekt zu suchen. Allein dieser Versuch, das Unbedingte zu realisieren, schließt einen Widerspruch in sich, der auf den ersten Blick einleuchtet. Eben deswegen, weil das Subjekt nur in bezug auf ein Objekt, das Objekt nur in bezug auf ein Subjekt denkbar ist, kann keines von beiden das Unbedingte enthalten; denn beide sind wechselseitig durcheinander bedingt, beide einander gleichgesetzt. Auch muß, um das *Verhältnis* beider zu bestimmen, notwendig wieder ein höherer Bestimungsgrund vorausgesetzt werden, durch den sie beide bedingt sind. Denn man kann nicht sagen, daß das Subjekt das Objekt allein bedinge; denn Subjekt ist ebenso gut nur in bezug auf ein Objekt, als Objekt nur in bezug auf ein Subjekt denkbar, und es wäre gleichviel, ob ich das durch ein Objekt bedingte Subjekt, oder das durch ein Subjekt bedingte Objekt zum Unbedingten machen wollte, ja das Subjekt ist selbst zugleich als Objekt bestimmbar, und insofern fiele auch dieser Versuch, das Subjekt zum Unbedingten zu machen, ebenso unglücklich aus, als der andere mit dem absoluten Objekt angestellte.

Unsere Frage: wo das Unbedingte zu suchen sei, klärt sich nun allmählich und von selbst auf. Anfänglich fragten wir nur: in welchem bestimmten Objekt in der Sphäre der Objekte das Unbedingte zu suchen sei; nun zeigt es sich, daß es *überall* nicht in der Sphäre der Objekte, und selbst nicht im Subjekt, das gleichfalls als Objekt bestimmbar ist, zu suchen sei.

§ 3.

Die philosophische Bildung der Sprachen, die vorzüglich noch an den ursprünglichen sichtbar wird, ist ein wahrhaftes durch den Mechanismus des menschlichen Geistes gewirktes Wunder. So ist unser bisher unabsichtlich gebrauchtes deutsches Wort *Bedingen* nebst den abgeleiteten in der Tat ein vortreffliches Wort, von dem man sagen kann, daß, es beinahe den ganzen Schatz philosophischer Wahrheit enthalte. *Bedingen* heißt die Handlung, wodurch etwas zum *Ding* wird, *bedingt*, das was zum Ding *gemacht* ist, woraus zugleich erhellt, daß nichts *durch sich selbst als Ding* gesetzt sein kann, d.h. daß ein unbedingtes Ding ein Widerspruch ist. *Unbedingt* nämlich ist das, was gar nicht zum Ding gemacht ist, gar nicht zum Ding werden kann.

Das Problem also, das wir zur Lösung aufstellten, verwandelt sich nun in das bestimmtere, *etwas zu finden, das schlechterdings nicht als Ding gedacht werden kann.*

Das Unbedingte kann also weder im Ding überhaupt, noch auch in dem was zum Ding werden kann, im Subjekt, also nur in dem was *gar* kein Ding werden kann, d.h. wenn es ein absolutes ICH gibt, nur im *absoluten Ich* liegen. Das *absolute Ich* wäre also vorerst als dasjenige bestimmt, *was schlechterdings niemals Objekt werden kann*. Weiter soll es vorjetzt noch nicht bestimmt werden.

Daß es ein absolutes Ich gebe, das läßt sich schlechterdings nicht *objektiv*, d.h. vom Ich als Objekt, beweisen, denn eben das soll ja bewiesen werden, daß es gar nie Objekt werden könne. Das Ich, wenn es unbedingt sein soll, muß außer aller Sphäre objektiver Beweisbarkeit liegen. Objektiv *beweisen*, daß das Ich unbedingt sei, hieße beweisen, daß es bedingt sei. Beim Unbedingten muß das Prinzip seines Seins und das Prinzip seines Denkens zusammenfallen. Es ist, bloß weil es ist, es wird gedacht, bloß *weil* es gedacht wird. Das Absolute kann nur durch das Absolute gegeben sein, ja, wenn es absolut sein soll, muß es selbst allem Denken und Vorstellen vorhergehen, also nicht erst durch objektive Beweise, d.h. dadurch, daß man über seinen Begriff hinausgeht, sondern nur *durch sich selbst* realisiert werden (§ 1). Sollte das Ich nicht *durch sich selbst* realisiert sein, so müßte der Satz, welcher sein Sein ausdrückte, dieser sein: *wenn* Ich bin, so bin Ich. Allein die Bedingung dieses Satzes schließt selbst schon das Bedingte in sich: die Bedingung ist selbst nicht ohne das Bedingte *denkbar*, ich kann nicht *mich* unter der *Bedingung* meines Seins denken, ohne mich als schon seiend zu denken. In jenem Satz also bedingt nicht die Bedingung das Bedingte, sondern umgekehrt das Bedingte die Bedingung, d.h. er hebt sich selbst als bedingter Satz auf, und wird zum unbedingten: *Ich bin, weil ich bin.*[6]

Ich bin! Mein Ich enthält ein Sein, das allem Denken und Vorstellen vorhergeht. Es ist, indem es gedacht wird, und es wird gedacht, weil es ist; deswegen, weil es nur insofern ist und nur insofern gedacht wird, als es *sich selbst* denkt. Es ist also, weil es nur *selbst* sich denkt, und es denkt sich nur selbst, weil es ist. Es bringt sich durch sein Denken selbst – aus absoluter Kausalität – hervor.

Ich bin, weil Ich bin! das ergreift jeden plötzlich. Sagt ihm: *das* Ich ist, weil es ist, er wird es nicht so schnell fassen; deswegen, weil das Ich nur insofern *durch sich selbst*, nur insofern *unbedingt* ist, als es zugleich *unbedingbar* ist, d.h. niemals zum Ding, zum Objekt werden kann. Was Objekt ist, erwartet seine Existenz von etwas, das außer der Sphäre seines bloßen Gedachtwerdens liegt; das Ich allein ist nichts, ist selbst nicht denkbar, ohne daß zugleich sein Sein gesetzt werde, *denn es ist gar nicht denkbar, als insofern es sich selbst denkt, d.h. insofern es ist.* Wir können also auch nicht sagen: *Alles was* denkt ist, denn dadurch würde das Denkende als Objekt bestimmt, sondern nur: *Ich* denke, *Ich* bin. (Eben hieraus erhellt aber, daß, sobald wir das, was niemals Objekt werden kann, zum *logischen* Objekt machen, und Untersuchungen darüber anstellen wollen, diese Untersuchungen eine ganz eigene *Unfaßlichkeit* haben müssen. Denn es ist als Objekt schlechterdings nicht zu fesseln, und käme uns nicht eine Anschauung zu Hilfe, die uns, insofern wir mit unserm Erkennen an Objekte gebunden sind, ebenso fremd ist, als das Ich, das niemals zum Objekt werden kann, so würden wir gar nicht darüber sprechen, einander gar nicht verständlich werden können).

---

[6] Ich bin! ist das Einige, wodurch es sich in unbedingter Selbstmacht ankündigt. (Zus. der ersten Aufl.)

Das Ich ist also nur *durch sich selbst* als unbedingt gegeben.[7] Jedoch, wenn es zugleich als dasjenige bestimmt ist, was durch das gesamte System meines Wissens hindurch herrscht, so muß auch ein *Regressus* möglich sein, d.h. ich muß, selbst vom untersten bedingten Satz, zum Unbedingten *auf*steigen können, wie ich umgekehrt vom unbedingten Satz zum untersten in der Reihe der bedingten *herab*steigen *kann*.

Man mag also in der Reihe der bedingten Sätze herausnehmen, welchen man will, so muß er im Regressus auf das absolute Ich führen. So muß, um zu einem der vorigen Beispiele zurückzukehren, der Begriff von Subjekt auf das *absolute Ich* leiten. Gäbe es nämlich kein absolutes Ich, so wäre der Begriff von *Subjekt*, d.h. der Begriff des durch ein *Objekt* bedingten Ichs, der höchste. Allein, da der Begriff von Objekt eine Antithesis enthält, so muß er ursprünglich selbst nur im Gegensatz gegen ein anderes, das seinen Begriff schlechthin *ausschließt*, bestimmt sein, kann also nicht bloß im Gegensatz gegen das Subjekt bestimmbar sein, das nur in *bezug* auf ein *Objekt*, also nicht mit *Ausschließung* desselben, denkbar ist; mithin muß der Begriff von Objekt selbst, und der nur in bezug auf diesen Begriff denkbare Begriff von Subjekt auf ein Absolutes leiten, das schlechthin allem Objekt entgegengesetzt ist, alles Objekt aus-

---

[7] Vielleicht kann ich die Sache noch deutlicher machen, wenn ich das oben gebrauchte Beispiel wieder aufnehme. – Gott kann für mich schlechterdings nicht Realgrund meines Wissens sein, insofern er als Objekt bestimmt ist, weil er dadurch selbst in die Sphäre des bedingten Wissens fällt. Würde ich hingegen Gott gar nicht als Objekt, sondern als = Ich bestimmen, so wäre er allerdings Realgrund meines Wissens. Aber eine solche Bestimmung Gottes ist in der theoretischen Philosophie unmöglich. Ist aber selbst in der theoretischen Philosophie, die Gott als Objekt bestimmt, doch zugleich eine Bestimmung seines Wesens = Ich notwendig, so muß ich allerdings annehmen, daß Gott für sich absoluter Realgrund seines Wissens sei, aber nicht für mich, denn für mich ist er in der theoretischen Philosophie nicht bloß als Ich, sondern auch als Objekt bestimmt, da er hingegen, wenn er = Ich ist, für sich selbst gar kein Objekt, sondern nur Ich ist. Beiläufig zu sagen, sieht man hieraus, daß man den ontologischen Beweis fürs Dasein Gottes sehr fälschlich als bloß künstliche Täuschung darstellt: vielmehr ist die Täuschung ganz natürlich. Denn was zu sich selbst: Ich! sagen kann, sagt auch: Ich bin! Nur schade, daß Gott in der theoretischen Philosophie nicht als identisch mit meinem Ich, sondern in bezug auf dieses als Objekt bestimmt, und ein ontologischer Beweis vom Dasein eines Objekts ein widersprechender Begriff ist.

schließt. Denn, setzet, es sei ein Objekt ursprünglich gesetzt, ohne daß vor allem ändern Setzen ein absolutes Ich schlechthin gesetzt sei, so kann jenes ursprünglich gesetzte Objekt nicht *als* Objekt, d.h. als dem Ich entgegengesetzt, bestimmt werden, weil dem, das nicht gesetzt ist, nichts entgegengesetzt werden kann. Mithin wäre ein vor allem Ich gesetztes Objekt *kein* Objekt, d.h. jene Annahme hebt sich von selbst auf. Oder setzet, es sei zwar ein Ich, aber als schon aufgehoben durch das Objekt, also ein *Subjekt* ursprünglich gesetzt, so zerstört sich diese Annahme abermals selbst; denn, wo kein absolutes Ich gesetzt ist, da kann es nicht aufgehoben werden, und gäbe es kein Ich *vor* allem Objekt, so gäbe es auch kein Objekt, wodurch das *Ich* als schon aufgehoben gesetzt werden könnte. (Wir stellen uns eine Kette des Wissens vor, die durchaus bedingt ist, und nur in einem obersten unbedingten Punkte Haltung bekommt. Nun kann das Bedingte in der Kette überhaupt nur durch Voraussetzung der absoluten Bedingung, d.i. des Unbedingten, gedacht werden. Mithin kann das Bedingte nicht vor dem Unbedingten (Unbedingbaren), sondern nur *durch* dieses, in der *Entgegensetzung* gegen dasselbe, als *bedingt* gesetzt werden, ist also, da es *nur* als bedingt gesetzt ist, nur durch das, was gar kein Ding, d.h. unbedingt ist, denkbar). – Das Objekt selbst ist also ursprünglich nur im Gegensatz gegen das absolute Ich, d.h. bloß als das dem Ich Entgegengesetzte, als *Nicht-Ich*, bestimmbar: und die Begriffe von Subjekt und Objekt sind selbst Bürgen des absoluten, unbedingbaren Ichs.

§ 4.

Wenn einmal das Ich als das Unbedingte im menschlichen Wissen bestimmt ist, so muß sich der ganze Inhalt alles Wissens durch das Ich selbst, und durch Entgegensetzung gegen das Ich bestimmen lassen: und so muß man auch alle möglichen Theorien des Unbedingten a priori entwerfen können.

Wenn nämlich das Ich das Absolute ist, so kann das, was nicht Ich ist, nur im Gegensatz gegen das Ich, also nur unter Voraussetzung des Ichs, bestimmt werden, und ein schlechthin *gesetztes*, nicht *entgegengesetztes* Nicht-Ich ist ein Widerspruch. Wird hingegen das Ich nicht als das Absolute vorausgesetzt, so kann das Nicht-Ich entweder vor allem Ich, oder dem Ich gleichgesetzt werden. Ein Drittes ist nicht möglich.

Die beiden Extreme sind Dogmatismus und Kritizismus. Prinzip des Dogmatismus ist ein vor allem Ich gesetztes Nicht-Ich, Prinzip des Kritizismus ein vor allem Nicht-Ich, und mit Ausschließung alles Nicht-Ichs gesetztes Ich. Mitten inne zwischen beiden liegt das Prinzip des durch ein Nicht-Ich bedingten Ichs, oder, was dasselbe ist, des durch ein Ich bedingten Nicht-Ichs.

1. Das Prinzip des *Dogmatismus* widerspricht sich selbst (§ 2), denn es setzt ein unbedingtes Ding, d.h. ein Ding, das kein Ding ist, voraus. Man gewinnt also beim Dogmatismus durch Konsequenz (das erste Erfordernis einer wahren Philosophie) nichts, als daß das, was nicht Ich ist, Ich, das, was Ich ist, Nicht-Ich werde, wie dies auch bei *Spinoza* der Fall ist. Aber noch hat kein Dogmatist bewiesen, daß ein Nicht-Ich sich selbst Realität geben, und außer der bloßen Entgegensetzung gegen ein absolutes Ich noch irgend etwas bedeuten könne. Auch Spinoza hat nirgends bewiesen, daß das Unbedingte im Nicht-Ich liegen könne und liegen müsse; vielmehr setzt er, nur durch seinen Begriff des Absoluten geleitet, dieses geradezu in ein absolutes Objekt, gleichsam als ob er voraussetzte, daß jeder, der ihm nur einmal den Begriff des Unbedingten eingeräumt hätte, ihm darin von selbst folgen würde, daß es notwendig in ein Nicht-Ich gesetzt werden müsse. Dabei aber erfüllte er, nachdem er einmal *diesen* Satz, nicht bewiesen, sondern vorausgesetzt hatte, die Pflicht der Konsequenz so strenge, als sie vielleicht kein

einziger seiner Gegner erfüllt hat. Denn es offenbart sich plötzlich, daß er – gleichsam wider seinen Willen, durch die bloße Macht seiner vor keiner Folge aus angenommenen Grundsätzen zurückbebenden Konsequenz, das Nicht-Ich selbst zum Ich erhob, das Ich zum Nicht-Ich herabsetzte. Die Welt ist bei ihm nicht mehr Welt, das absolute Objekt nimmer Objekt; keine sinnliche Anschauung, kein Begriff erreicht seine Einige Substanz, nur der intellektuellen Anschauung ist sie in ihrer Unendlichkeit gegenwärtig. Sein System kann daher überall und bei unsrer ganzen Untersuchung an die Stelle des vollendeten Dogmatismus überhaupt substituiert werden. Kein Philosoph war so würdig, wie Er, den großen Mißverstand einzusehen: ihn einsehen und am Ziele sein, wäre – für Ihn Eins gewesen. Kein Vorwurf ist unerträglicher, als der, den man ihm so oft gemacht hat, daß er die Idee von absoluter Substanz willkürlich, und wohl gar nur durch willkürliche Worterklärung voraussetze. Aber freilich ist es leichter, ein ganzes System durch eine kleine grammatikalische Bemerkung umzuwerfen, als auf sein letztes Fundament, das, selbst wenn es noch so irrig ist, doch irgendwo im menschlichen Geiste entdeckbar sein muß, anzudringen. – Der Erste, der es einsah, daß Spinozas Irrtum nicht in jener Idee, sondern darin liege, daß er sie außerhalb alles Ichs setzte, hatte ihn verstanden und den Weg zur Wissenschaft gefunden.

§ 5.

2. Das System, das vom Subjekt, d.h. von dem nur in bezug auf ein Objekt denkbaren Ich, ausgeht, das also weder Dogmatismus noch Kritizismus sein soll, widerspricht sich in seinem Prinzip, insofern es *höchstes* Prinzip ist, so gut als der Dogmatismus. Es ist aber wohl der Mühe wert, dem Ursprung dieses Prinzips weiter nachzugehen.

Man setzte – freilich etwas schnell – voraus, das oberste Prinzip aller Philosophie müsse eine *Tatsache* ausdrücken. Verstand man, allem Sprachgebrauch zufolge, unter Tatsache etwas, das außer dem reinen, absoluten Ich (also in der Sphäre des *Bedingten*) liegt, so mußte notwendig die Frage entstehen: was soll Prinzip dieser Tatsache sein? – Eine Erscheinung oder ein Ding an sich? – war die nächste Frage, die man, da man einmal in der Welt der *Objekte* war, nun tun konnte. – Eine Erscheinung? – Was sollte Prinzip dieser Erscheinung sein? – (z.B. wenn die Vorstellung, die doch selbst nur Erscheinung ist, als Prinzip aller Philosophie aufgestellt wurde). Wieder eine Erscheinung, und so ins Unendliche? – Oder wollte man, daß jene Erscheinung, die Prinzip der Tatsache sein sollte, keine andere Erscheinung mehr voraussetze? – Oder ein Ding an sich? – Laßt uns die Sache genauer betrachten!

Das *Ding an sich* ist das vor allem Ich gesetzte Nicht-Ich. – (Die Spekulation verlangt das Unbedingte. Ist nun einmal die Frage, wo das Unbedingte liege, vom einen fürs Ich, vom ändern fürs Nicht-Ich entschieden, so müssen die Systeme beider ganz gleich fortgehen: was der eine vom Ich behauptet, muß der andere vom Nicht-Ich behaupten und umgekehrt: kurz, man muß alle ihre Sätze durchaus verwechseln können, wenn man nur beim einen statt des Ichs Nicht-Ich, beim ändern statt des Nicht-Ichs Ich setzt: wo man dies nicht ohne Schaden des Systems tun könnte, müßte einer von beiden inkonsequent gewesen sein.) – *Erscheinung* ist das durchs Ich bedingte Nicht-Ich.

Soll nun das Prinzip aller Philosophie eine Tatsache, und das Prinzip dieser ein *Ding an sich* sein, so ist eben dadurch alles Ich aufgehoben, es gibt kein reines Ich mehr, keine Freiheit, keine Realität – nichts als Negation im Ich. Denn es ist ursprünglich *aufgehoben*, wenn ein Nicht-Ich absolut gesetzt ist, so wie umgekehrt, wenn das Ich absolut gesetzt ist, alles Nicht-Ich ursprünglich aufgehoben und als bloße Negation gesetzt wird. (Das System, das vom *Subjekt*, d.i. vom *bedingten Ich*, ausgeht, muß also notwendig ein *Ding an sich* voraussetzen, das jedoch in der Vorstellung, d.h. als *Erscheinung*, vorkommen kann, kurz, es verfällt in einen Realismus, der der unbegreiflichste, inkonsequenteste von allen ist.)

Soll das letzte Prinzip jener Tatsache eine *Erscheinung* sein, so hebt es sich selbst unmittelbar als höchstes Prinzip auf; denn eine unbedingte Erscheinung widerspricht sich, und alle Philosophen, die ein Nicht-Ich zum Prinzip ihrer Philosophie machten, erhoben dasselbe zugleich zu einem absoluten, unabhängig von allem Ich gesetzten Nicht-Ich, d.i. zu einem Ding an sich.

Befremdend würde es also allerdings sein, aus dem Munde solcher Philosophen, die eine Freiheit des Ichs behaupten, zugleich die Behauptung, daß das Prinzip aller Philosophie eine Tatsache sein müsse, zu hören, wenn man wirklich voraussetzen dürfte, daß sie als nächste Folge jener Behauptung auch *die* Behauptung gedacht hätten, daß das Prinzip aller Philosophie ein Nicht-Ich sein müsse.

(Diese Folge ist notwendig. Denn das Ich ist nur als Subjekt, d.h. bedingt, gesetzt, kann also nicht das Prinzip sein. Also muß entweder zugleich mit diesem Prinzip, insofern es das *höchstmögliche* sein soll, *alle* Philosophie als unbedingte Wissenschaft aufgehoben, oder das Objekt als ursprünglich und unabhängig von allem Ich vorausgesetzt, das Ich selbst also als nur im Gegensatz gegen ein absolutes Etwas setzbar, d.h. als absolutes Nichts, bestimmt werden.)

Allein jene Philosophen wollten wirklich das Ich, und kein Nicht-Ich zum Prinzip der Philosophie, aber der Begriff von Tatsache sollte deshalb nicht aufgegeben werden. Um sich aus dem Dilemma, das sie vor sich sahen, herauszuhelfen, mußten sie also zwar das Ich, aber nicht das absolute, sondern das empirisch-bedingte, als Prinzip aller Philosophie wählen. Was konnte auch näher liegen? Sie hatten nun doch ein Ich zum Prinzip der Philosophie – ihre Philosophie war kein Dogmatismus, zugleich aber hatten sie eine Tatsache, denn daß das empirische Ich Prinzip einer Tatsache sei, wer wollte das leugnen?

Allein freilich konnte man sich damit nur eine Zeitlang zufriedenstellen. Denn, die Sache näher betrachtet, war nun entweder gar nichts, oder nur das gewonnen, daß man wieder ein Nicht-Ich zum Prinzip der Philosophie hatte. Denn, daß es gleichviel ist, ob ich von dem durchs Nicht-Ich bedingten Ich, oder von dem durchs Ich bedingten Nicht-Ich ausgehe, leuchtet von selbst in die Augen. Auch ist gerade das durchs Nicht-Ich bestimmte Ich etwas) worauf der Dogmatismus auch, nur etwas später, kommen muß, ja, worauf alle Philosophie notwendig hinführt. Auch müßten notwendig alle Philosophen das durchs Nicht-Ich bedingte Ich auf dieselbe Weise erklären, wenn sie nicht vor dieser Tatsache (dem Bedingtsein des Ichs) etwas Höheres, worüber sie versteckter Weise uneinig sind, als Bedingung (Erklärungsgrund) des bedingten Ichs und Nicht-Ichs aufstellten; was nun nichts anderes mehr sein kann, als entweder ein nicht durchs Ich bedingtes absolutes Nicht-Ich, oder ein nicht durchs Nicht-Ich bedingtes (absolutes) Ich. Allein dieses war eben dadurch schon als aufgehoben gesetzt, daß das *Subjekt* als Prinzip der Philosophie aufgestellt war; mithin mußte, wenn man konsequent sein wollte, entweder alle weitere Bestimmung dieses Grundsatzes, d.h. alle Philosophie, aufgegeben, oder ein absolutes Nicht-Ich, d.h. das Prinzip des Dogmatismus, also wieder ein sich selbst widersprechendes Prinzip (§ 4), angenommen werden. Kurz, das Prinzip, wenn es das höchste sein sollte, mußte, es mochte sich hinwenden, wo es wollte, auf Widersprüche stoßen, die auch nur durch Inkonsequenz und prekäre Beweise einigermaßen versteckt werden konnten. Und so wäre denn freilich, wenn die Philosophen einmal über dieses Prinzip, als das *höchste*, einig gewesen wären, Friede in der philosophischen Welt entstanden; denn über die bloße Analyse desselben wäre man bald einig geworden, und sowie irgend einer über diese hinauszugehen, und die aus demselben analysierte Tatsache einer Bestimmung des Ichs durchs Nicht-Ich und des Nicht-Ichs durchs Ich (denn weiter wäre man durch bloße Analyse nicht gekommen) synthetisch zu erklären versucht hätte, hätte er den Vertrag gebrochen und ein höheres Prinzip vorausgesetzt.

Anmerkung. Diesen Versuch, das empirisch-bedingte (im Bewußtsein vorkommende) Ich zum Prinzip der Philosophie zu erheben, hat bekanntermaßen *Reinhold* gemacht. Man würde sehr wenig Einsicht in den notwendigen Gang aller Wissenschaften verraten, wenn man dieses Versuchs, auch dann, wann die Philosophie weiter vorgerückt ist, nicht mit der größten Achtung erwähnen wollte. Er war nicht *dazu* bestimmt, das eigentliche Problem der Philosophie zu *lösen*, aber *dazu*, es auf die bestimmteste Art vorzustellen, und wer weiß nicht, welche große Wirkung eine solche bestimmte Vorstellung des eigentlichen Streitpunkts gerade in der Philosophie hervorbringen muß, wo diese Bestimmung gewöhnlich nur durch einen glücklichen Vorblick auf die zu entdeckende Wahrheit selbst möglich wird. Auch der Verfasser der Kritik der reinen Vernunft wußte bei seiner Absicht, endlich den Streit der Philosophen nicht nur, sondern sogar der Philosophie selbst zu schlichten, nichts eher zu tun, als den eigentlichen Streitpunkt, der ihm zugrunde lag, in einer allesbefassenden Frage zu bestimmen, die er so ausdrückte; wie sind synthetische Urteile *a priori* möglich? Es wird sich im Verlauf dieser Untersuchung zeigen, daß diese Frage, in ihrer höchsten Abstraktion vorgestellt, keine andere, als diese ist: wie kommt das absolute Ich dazu, aus sich selbst herauszugehen und sich ein Nicht-Ich schlechthin entgegenzusetzen? Es war ganz natürlich, daß die Frage, solange sie nicht in ihrer höchsten Abstraktion vorgestellt war, so wie die Antwort darauf, mißverstanden werden mußte. Das nächste Verdienst also, das ein denkender Kopf sich machen konnte, war offenbar dieses, die Frage selbst in einer höhern Abstraktion vorzustellen, und so die Antwort darauf auf eine sichere Art vorzubereiten. Dieses Verdienst hat sich auch der Verfasser der Theorie des Vorstellungsvermögens durch Aufstellung des Grundsatzes des Bewußtseins wirklich erworben; in ihm war die letzte Stufe der Abstraktion erstiegen, auf der man stehen mußte, ehe man zudem kommen konnte, das höher ist denn alle Abstraktion.

§ 6.

Das vollendete System der Wissenschaft geht vom absoluten, alles Entgegengesetzte ausschließenden *Ich* aus. Dieses als das Eine Unbedingbare bedingt die ganze Kette des Wissens, beschreibt die Sphäre alles Denkbaren, und herrscht durch das ganze System unsers Wissens als die absolute alles begreifende Realität. Nur durch ein absolutes *Ich*, nur dadurch, daß dieses selbst schlechthin gesetzt ist, wird es möglich, daß ein Nicht-Ich ihm entgegengesetzt, ja daß Philosophie selbst möglich werde; denn das ganze Geschäft der theoretischen und praktischen Philosophie ist nichts als Lösung des Widerstreits zwischen dem reinen und empirisch-bedingten Ich.[8] . Jene nämlich geht, um diesen Widerstreit zu lösen, von Synthesis zu Synthesis fort, bis zu der höchstmöglichen, in der Ich und Nicht-Ich gleich gesetzt wird (Gott), wo dann da die theoretische Vernunft sich in lauter Widersprüchen endet, die praktische eintritt, um den Knoten zwar nicht zu lösen, aber durch absolute Forderungen zu zerhauen.

Sollte demnach das Prinzip aller Philosophie das empirisch-bedingte Ich sein (worin im Grunde der Dogmatismus und der unvollendete Kritizismus übereinkommen), so wäre alle Spontaneität des Ichs, theoretische und praktische, ganz unerklärbar. Das theoretische Ich nämlich strebt, Ich und Nicht-Ich gleichzusetzen, also das Nicht-Ich *selbst* zur Form des Ichs zu erheben; das praktische strebt nach reiner Einheit, mit *Ausschließung* alles Nicht-Ichs – beide nur insofern, als das absolute Ich absolute Kausalität und reine Identität hat. Das letzte Prinzip der Philosophie kann also schlechterdings nichts außer dem absoluten Ich liegendes, es kann weder Erscheinung noch Ding an sich sein.

---

[8] Das Wort empirisch wird gewöhnlich in einem gar zu eingeschränkten Sinne genommen. Empirisch ist alles, was dem reinen Ich entgegengesetzt ist, also überhaupt in bezug auf ein Nicht-Ich steht, selbst das ursprüngliche, im Ich selbst begründete. Entgegensetzen eines Nicht-Ichs, durch welche Handlung dieses überall erst möglich wird. Rein ist, was ohne allen Bezug auf Objekte gilt. Erfahrungsmäßig, was nur durch Objekte möglich wird. – A priori, was nur in bezug auf Objekte (nicht durch sie) möglich ist. – Empirisch das, wodurch Objekte möglich sind.

Das absolute Ich ist keine Erscheinung; denn dem widerspricht schon der Begriff des Absoluten; es ist aber weder Erscheinung noch Ding an sich, weil es *überhaupt* kein Ding, sondern schlechthin Ich, und bloßes Ich ist, das alles Nicht-Ich ausschließt.

Der letzte Punkt, an dem unser ganzes Wissen und die ganze Reihe des Bedingten hängt, muß schlechterdings durch nichts weiter bedingt sein. Das Ganze unsers Wissens hat keine Haltung, wenn es nicht durch irgend etwas gehalten wird, das sich durch eigene Kraft trägt, und dies ist nichts, als das durch Freiheit Wirkliche. Der Anfang und das Ende aller Philosophie ist – *Freiheit!*

§ 7.

Wir haben das Ich bis jetzt bloß als dasjenige bestimmt, was für *sich selbst* schlechterdings nicht *Objekt*, und für etwas außer ihm weder Objekt noch Nichtobjekt, d.h. *gar nichts* sein kann, was also seine Realität nicht, wie die Objekte, durch etwas außer seiner Sphäre liegendes, sondern einzig und allein *durch sich selbst* erhält. Dieser Begriff des Ichs ist auch der einzige, wodurch es als das Absolute bezeichnet wird, und unsere ganze weitere Untersuchung ist nun nichts mehr als bloße Entwicklung desselben.

Ist das Ich sich nicht selbst gleich, ist seine Urform nicht die Form reiner Identität, so ist eben dadurch wieder alles aufgehoben, was wir bisher gewonnen zu haben schienen. Denn das Ich ist, nur weil es ist. Wäre es also nicht reine Identität, d.h. schlechthin nur das, was es ist, so könnte es auch nicht *durch sich selbst* gesetzt sein, d.h. es könnte sein, auch, weil es das ist, was es *nicht* ist. Das Ich aber ist entweder gar nicht, oder nur durch sich selbst. Also muß die Urform des Ichs reine Identität sein.

Nur das, was *durch sich selbst* ist, gibt sich selbst die Form der Identität, denn nur das, was schlechthin ist, weil es ist, ist seinem Sein selbst nach durch Identität, d.h. durch sich selbst, bedingt; da hingegen die Existenz jedes ändern Existierenden nicht bloß durch seine Identität, sondern durch etwas außer derselben bestimmt ist. Gäbe es aber nicht etwas, das nur durch sich selbst ist, dessen Identität einzige Bedingung seines *Seins* ist, so wäre auch überall nichts identisch mit sich selbst; denn nur das, was durch seine Identität ist, kann allem ändern, was ist, Identität verleihen; nur in einem Absoluten, durch sein Sein selbst als identisch Gesetzten, kann alles, was ist, zur Einheit seines Wesens kommen. Wie sollte überhaupt etwas gesetzt werden, wenn alles Setzbare wandelbar wäre, und nichts Unbedingtes, Unwandelbares anerkannt würde, in welchem und durch welches alles Setzbare Bestand und Unwandelbarkeit erhielte; was sollte es heißen, etwas *setzen*, wenn alles Setzen, alles Dasein, alle Wirklichkeit unaufhörlich fort sich ins Unendliche zerstreute, und nicht ein gemeinsamer Punkt der Einheit und der Beharrlichkeit wäre, der nicht wieder durch irgend etwas anderes, sondern nur durch sich selbst, durch sein bloßes Sein absolute Identität erhalten hätte, um alle Strahlen des Daseins im Zentrum seiner Identität zu sammeln, und alles, was gesetzt ist, im Kreise seiner Macht zusammenzuhalten.

Nur das Ich also ist es, das allem, was ist, Einheit und Beharrlichkeit verleiht; alle Identität kommt nur dem im Ich Gesetzten, und diesem nur *insofern* zu, als es im Ich gesetzt ist.

Mithin wird selbst alle Form der Identität (A = A) erst durch das absolute Ich begründet. Ginge diese Form (A = A) dem Ich selbst *voran*, so könnte A nicht das im Ich, sondern nur das *außer* dem Ich Gesetzte ausdrücken, mithin würde jene Form zur Form der Objekte, als solcher, und selbst das Ich würde unter ihr, als ein durch sie bestimmtes Objekt, stehen. Das Ich wäre nicht das Absolute, sondern bedingt, und als einzelne Unterart dem Gattungsbegriff der Objekte (den Modifakationen des allein identisch absoluten Nicht-Ichs) untergeordnet.

Da das Ich seinem Wesen selbst nach, durch sein bloßes Sein, als absolute Identität gesetzt ist, so ist es gleichviel, ob der oberste Grundsatz *so* ausgedrückt wird:

Ich bin ich, oder: *Ich bin*!

§ 8.

Das Ich läßt sich anders nicht, als bloß insofern es *unbedingt* ist, bestimmen, denn es ist bloß durch seine Unbedingtheit, bloß dadurch, daß es schlechterdings nicht zum *Ding* werden kann, Ich. Es ist also erschöpft, wenn seine Unbedingtheit erschöpft ist. Denn, da es bloß durch seine Unbedingtheit ist, so würde es eben dadurch aufgehoben, wenn irgend ein von ihm denkbares Prädikat anders als durch eine Unbedingtheit denkbar wäre, also dieser entweder widerspräche, oder noch irgend etwas Höheres, in dem sie beide, das Unbedingte und das vorausgesetzte Prädikat, vereinigt wären, voraussetzte.

Das Wesen des Ichs ist Freiheit, d.h. es ist nicht anders denkbar, denn nur insofern es aus absoluter Selbstmacht sich, nicht als irgend *Etwas*, sondern als bloßes *Ich* setzt. Diese Freiheit läßt sich *positiv* bestimmen, denn wir wollen keinem Ding an sich, sondern dem reinen, durch sich selbst gesetzten, sich allein gegenwärtigen, alles Nicht-Ich ausschließenden Ich Freiheit zuschreiben. Dem Ich kommt keine objektive Freiheit zu, weil es gar kein Objekt ist; sowie wir das Ich als *Objekt* bestimmen wollen, zieht es sich in die beschränkteste Sphäre und unter die Bedingungen der Wechselbestimmung zurück – seine Freiheit und Selbständigkeit verschwindet. Objekt ist nur durch Objekt, und nur insofern, als es an Bedingungen gefesselt ist, möglich – Freiheit ist nur durch sich selbst, und umfaßt das Unendliche.

Wir sind also in Ansehung objektiver Freiheiten nicht unwissender, als wir es in Rücksicht auf jeden Begriff sind, der sich selbst widerspricht. Unfähigkeit aber, einen Widerspruch zu denken, ist keine Unwissenheit. Jene Freiheit des Ichs läßt sich also auch *positiv* bestimmen. Sie ist für das Ich nichts mehr und nichts weniger, als unbedingtes Setzen aller Realität in sich selbst durch absolute Selbstmacht. – *Negativ* bestimmbar ist sie als gänzliche Unabhängigkeit, ja sogar als gänzliche Unverträglichkeit mit allem Nicht-Ich.

Ihr verlangt, daß ihr euch dieser Freiheit bewußt seid? Aber bedenkt ihr auch, daß erst durch sie all euer Bewußtsein möglich ist und daß die Bedingung nicht im Bedingten enthalten sein kann? Bedenkt ihr überhaupt, daß das Ich, insofern es im Bewußtsein vorkommt, nicht mehr reines absolutes Ich ist, daß es für das absolute Ich überall kein Objekt geben, und daß es also noch viel weniger selbst Objekt werden kann? – *Selbstbewußtsein* setzt die Gefahr voraus, das Ich zu verlieren. Es ist kein *freier Akt* des Unwandelbaren, sondern ein abgedrungenes Streben des wandelbaren *Ichs*, das, durch Nicht-Ich bedingt, seine Identität zu retten und im fortreißenden Strom des Wechsels sich selbst wieder zu ergreifen strebt;[9] (oder *fühlt* ihr euch wirklich frei beim Selbstbewußtsein?). Aber jenes Streben des empirischen Ichs, und das daraus hervorgehende Bewußtsein wäre selbst ohne Freiheit des absoluten Ichs nicht möglich, und die absolute Freiheit ist als Bedingung der Vorstellung ebenso notwendig, wie als Bedingung der Handlung. Denn euer *empirisches* Ich würde niemals streben, seine Identität zu retten, wenn nicht das *absolute* ursprünglich durch sich selbst aus absoluter Macht als reine Identität gesetzt wäre.

---

[9] Der Charakter der Endlichkeit ist, nichts setzen zu können, ohne zugleich entgegenzusetzen. Diese Form der Entgegensetzung ist ursprünglich bestimmt durch die Entgegensetzung des Nicht-Ichs. Es ist nämlich dem endlichen Ich notwendig, indem es sich als sich selbst absolut gleich setzt, zugleich alles Nicht-Ich sich entgegenzusetzen: was nicht möglich ist, ohne das Nicht-Ich selbst zu setzen. Das unendliche Ich würde alles Entgegengesetzte ausschließen, ohne es sich entgegenzusetzen: es würde überhaupt alles sich schlechthin gleich setzen, also, wo es setzt, nichts als seine Realität setzen, es würde also in ihm auch kein Streben vorhanden sein, seine Identität zu retten, also keine Synthesis des Mannigfaltigen, keine Einheit des Bewußtseins usw. Das empirische Ich ist daher nur durch die ursprüngliche Entgegensetzung bestimmt, also außer dieser schlechterdings nichts. Es verdankt also auch seine Realität, als empirisches Ich, nicht sich selbst, sondern einzig und allein seiner Einschränkung durch ein Nicht-Ich. Es kündigt sich nicht durch das bloße: Ich bin, sondern durch das: Ich denke, an, d.h. es ist nicht durch sein bloßes Sein, sondern dadurch, daß es Etwas, also Objekte denkt. Um nämlich die ursprüngliche Identität des Ichs zu retten, muß die Vorstellung des identischen Ichs alle anderen Vorstellungen begleiten, um so die Vielheit derselben in bezug auf Einheit denken zu können. Das empirische Ich existiert also nur durch und in bezug auf die Einheit der Vorstellungen, hat also außer dieser schlechterdings keine Realität in sich selbst, sondern verschwindet, sowie man Objekte überhaupt und die Einheit seiner Synthesis aufhebt. Seine Realität als empirisches Ich, ist ihm also durch etwas außer ihm Gesetztes, durch Objekte bestimmt, sein Sein wird ihm nicht schlechthin, sondern durch objektive Formen – als ein Dasein – bestimmt. Jedoch ist es selbst nur in dem unendlichen Ich, und durch dasselbe; denn bloße Objekte könnten niemals die Vorstellung vom Ich, als einem Prinzip ihrer Einheit, hervorbringen.

Wollt ihr diese Freiheit als eine objektive erreichen, so schlägt euch dies immer fehl, ihr mögt sie dadurch *begreifen* oder *widerlegen* wollen; denn eben darin besteht sie, daß sie alles Nicht-Ich schlechthin ausschließt.

Das Ich kann durch keinen bloßen *Begriff* gegeben sein. Denn Begriffe sind nur in der Sphäre des Bedingten, nur von Objekten möglich. Wäre das Ich ein Begriff, so müßte es etwas Höheres geben, in dem er seine Einheit – etwas Niedereres, in dem er seine Vielheit erhalten hätte, kurz: das Ich wäre durchgängig bedingt. Mithin kann das Ich nur in einer Anschauung bestimmt sein. Aber das Ich ist nur dadurch Ich, daß es niemals Objekt werden kann, mithin kann es in keiner sinnlichen Anschauung, also nur in einer solchen, die gar kein Objekt anschaut, gar nicht sinnlich ist, d.h. in einer intellektualen Anschauung bestimmbar sein. – Wo Objekt ist, da ist sinnliche Anschauung, und umgekehrt. Wo also *kein* Objekt ist, d.i. im absoluten Ich, da ist keine sinnliche Anschauung, also entweder gar keine, oder intellektuale Anschauung. *Das Ich also ist für sich selbst als bloßes Ich in intellektualer Anschauung bestimmt.*

Ich weiß es recht gut, daß Kant alle intellektuale Anschauung geleugnet hat; aber ich weiß auch, wo er dies getan hat, in einer Untersuchung, die das *absolute* Ich überall nur *voraussetzt*, und aus vorausgesetzten höheren Prinzipien nur das empirisch-bedingte Ich, und das Nicht-Ich in der Synthesis mit dem Ich, bestimmt. Ich weiß es ebenso, daß diese intellektuale Anschauung, sobald man sie der sinnlichen verähnlichen will, durchaus unbegreiflich sein muß, daß sie überdies ebensowenig als die absolute Freiheit im Bewußtsein vorkommen kann, da Bewußtsein Objekt voraussetzt, intellektuale Anschauung aber nur dadurch möglich ist, daß sie gar kein Objekt hat. Der Versuch also, sie aus dem Bewußtsein zu widerlegen, muß ebenso sicher fehlschlagen, als der Versuch, ihr durch dasselbe objektive Realität zu geben, was nichts anderes hieße, als sie schlechterdings aufheben.

Das Ich ist nur durch seine Freiheit, mithin muß alles, was wir vom reinen Ich aussagen, durch seine Freiheit bestimmt sein.

§ 9.

Das Ich ist schlechthin Einheit. Denn, wäre es Vielheit, so wäre es nicht durch sein bloßes Sein, sondern durch die Wirklichkeit seiner Teile. Es wäre bedingt nicht bloß durch sich selbst, durch sein bloßes Sein (d.h. es wäre gar nicht), sondern es wäre bedingt durch alle einzelnen Teile der Vielheit, weil, wofern einer derselben aufgehoben würde, es eben dadurch selbst (in seiner Vollendung) aufgehoben wäre. Aber dies widerspricht dem Begriff seiner Freiheit, mithin (§ 8) kann das Ich keine Vielheit enthalten, es muß schlechthin Einheit – nichts als Ich schlechthin sein.

Wo Unbedingtheit, durch Freiheit bestimmt, ist, da ist Ich. *Das Ich ist also schlechthin Eines.* Denn sollte es mehrere Ich, sollte es ein Ich außer dem Ich geben, so müßten diese verschiedenen Ich durch irgend etwas unterschieden werden. Allein das Ich ist bloß durch sich selbst bedingt, und nur in intellektualer Anschauung bestimmbar, es muß sich also selbst schlechthin gleich (gar nicht durch Zahl bestimmbar) sein; mithin fiele das Ich außer dem Ich mit diesem zusammen, wäre gar nicht von ihm unterscheidbar. Also kann das Ich schlechterdings nur Eines sein. (Wäre das Ich nicht Eines, so läge der *Grund*, warum mehrere Ich wären, nicht im Wesen des Ichs selbst, denn dieses ist gar nicht als Objekt bestimmbar (§ 7) – also *außer* dem Ich, was nichts anderes hieße, als das Ich selbst aufheben (das.). – Das reine Ich ist überall dasselbe, Ich überall = Ich. Wo sich ein Attribut des Ichs findet, da ist Ich. Denn die Attribute des Ichs können nicht voneinander verschieden sein, da sie alle durch dieselbe Unbedingtheit bestimmt (alle unendlich) sind. Denn sie wären als verschieden voneinander bestimmt, entweder durch ihren bloßen *Begriff*, was unmöglich ist, da das Ich absolute Einheit ist, oder durch irgend etwas außer ihnen, wodurch sie ihre Unbedingtheit verlören, was abermals ungereimt ist; das Ich ist überall Ich, es füllt, wenn man so sagen darf, die ganze Unendlichkeit.

Diejenigen, die von keinem Ich als dem empirischen wissen (das doch ohne Voraussetzung des reinen Ichs schlechterdings unbegreiflich ist), die sich noch nie zur intellektualen Anschauung ihres Selbsts erhoben haben, müssen diesen Satz, daß das Ich nur Eines sei, freilich ungereimt finden. Denn, daß das empirische Ich Vielheit sei, muß die vollendete Wissenschaft selbst beweisen. (Denket euch eine unendliche Sphäre [eine unendliche Sphäre ist notwendig nur Eine], in dieser endliche Sphären, so viel ihr wollt. *Diese* aber sind selbst nur in der Einen unendlichen möglich; zernichtet jene, so ist nur Eine Sphäre). Jenen scheint es daher nach ihrer bisherigen Gewohnheit, bloß das empirische Ich zu denken, notwendig, daß es mehrere Ich gebe, die wechselseitig füreinander Ich und Nicht-Ich seien, ohne zu bedenken, daß ein reines Ich nur durch Einheit seines Wesens denkbar sei.

Ebensowenig werden sich diese Anhänger des empirischen Ichs den Begriff von reiner *absoluter* Einheit (unitas) denken können, weil sie, wo von absoluter Einheit die Rede ist, schlechterdings nur an empirische, abgeleitete Einheit (des durch das Schema von Zahl versinnlichten Verstandesbegriffs) denken können.

Dem Ich kommt Einheit im empirischen Sinne (unicitas) so wenig zu, als Vielheit. Es ist ganz außer der *Sphäre* der Bestimmung dieses Begriffs; es ist nicht – eines, nicht – vieles im empirischen Sinne, d.h. *beides* widerspricht seinem Begriff, sein Begriff liegt nicht nur *außerhalb* aller Bestimmbarkeit durch diese beiden Begriffe, sondern selbst in einer ganz entgegengesetzten Sphäre. – Wo von numerischer Einheit die Rede ist, setzt man irgend etwas voraus, *in bezug* auf welches das numerisch Einzige als solches gedacht wird; man setzt einen *Gattungsbegriff* voraus, unter dem es als das Einzige *seiner Art* begriffen ist, wobei aber doch die (reale und logische) *Möglichkeit* übrig bleibt, daß es nicht das einzige wäre, d.h. es ist nur seinem *Dasein*, nicht seinem *Wesen* nach Eines. Allein das Ich ist gerade nicht seinem Dasein (was ihm gar nicht zukommt), sondern seinem bloßen, reinen Sein nach schlechthin Eines; auch kann es überall nicht in bezug auf etwas Höheres gedacht werden, es kann unter keinem Gattungsbegriff stehen. – *Begriff* überhaupt ist etwas, das Vielheit in Einheit zusammenfaßt: das Ich kann also kein Begriff sein, weder ein reiner noch ein abstrahierter, denn es ist weder zusammenfassende noch zusammengefaßte, sondern *absolute* Einheit. Es ist also weder Gattung, noch Art, noch Individuum. Denn Gattung, Art und Individuum sind nur in bezug auf Vielheit denkbar. Wer das Ich für einen Begriff halten, oder von ihm numerische Einheit oder Vielheit aussagen kann, weiß nichts vom Ich. Wer es in einen demonstrierbaren Begriff verwandeln will, der muß es nicht mehr für das Unbedingte halten. Denn das Absolute kann nimmer vermittelt werden, also nimmer ins Gebiet erweisbarer Begriffe fallen. Denn alles Demonstrierbare setzt etwas schon Demonstriertes, oder das höchste nicht mehr Demonstrierbare voraus. Wer also das Absolute demonstrieren will, hebt es eben dadurch auf, und mit ihm alle Freiheit, alle absolute Identität usw.

Anmerkung. Man könnte die Sache auch wohl umkehren. »Eben weil das Ich nichts Allgemeines ist, kann es nicht Prinzip der Philosophie werden.«

Soll die Philosophie vom Unbedingten ausgehen, was wir jetzt voraussetzen, so kann sie von nichts Allgemeinem ausgehen. Denn das Allgemeine ist *bedingt* durch das Einzelne, und ist nur in bezug auf bedingtes (empirisches) Wissen überhaupt möglich. Deswegen auch das konsequenteste System des Dogmatismus, das Spinozistische, sich gegen nichts stärker erklärt, als dagegen, daß man die einige, absolute Substanz für ein Ens rationis, für einen abstrakten Begriff halte. Spinoza setzt das Unbedingte ins absolute Nicht-Ich, nicht aber in einen abstrakten Begriff, oder in die Idee der Welt, ebensowenig in ein einzelnes existierendes Ding; vielmehr erklärt er sich mit einer Art von Heftigkeit – wenn man anders diesen Ausdruck von einem Spinoza gebrauchen darf – dagegen,[10]

---

[10] Siehe einige Stellen bei Jacobi über Spinozas Lehre S. 179 ff. Noch gehören zu diesen mehrere andere, vorzüglich Eth. L. II, Prop. XL. Schol. und S. 467 seiner Briefe. Hier sagt er: »Cum multa sint, quae nequaquam in imaginatione, sed solo intellectu assequi possumus, qualia sunt Substantia, Aeternitas et al. si quis talia ejusmodi notionibus, quae duntaxat axilia imaginationis sunt, explicare conatur, nihilo plus agit, quam si det operam, ut sua imaginatione insaniat«. Man muß, um diese Stelle zu verstehen, wissen, daß er die abstrahierten Begriffe für bloße Produkte der Einbildungskraft hielt. Die transzendentalen Ausdrücke (so nennt er die Ausdrücke Ens, Res usw.), sagt er, entstehen daher, daß der Körper nur einer gewissen bestimmten Quantität von Eindrücken fähig ist, und also, wenn er mit allzu vielen überhäuft wird, die Seele sie nicht anders als verworren, und ohne alle Unterscheidung – alle zusammen unter Einem Attribut – imaginieren kann. Ebenso erklärt er die Allgemeinbegriffe, z.B. Mensch, Tier usw. – Man vergleiche die angegebene Stelle der Ethik, und insbesondere auch seine Abh. de intellectus Emendatione in den Opp. posth. – Die niedrigste Stufe der Erkenntnis ist ihm bloße Imagination der einzelnen Dinge, die höchste – reine intelektuale Anschauung der unendlichen Attribute der absoluten Substanz, und die dadurch entstehende adäquate Erkenntnis des »Wesens der Dinge. Dies ist der

und erklärt, daß, wer Gott im empirischen Sinne Einen nenne, oder für ein bloßes Abstraktum halte, keine Ahnung von seinem Wesen habe. Freilich begreift man nicht, wie das Nicht-Ich außer aller numerischer Bestimmung liegen soll, aber im Grunde setzte Spinoza das Unbedingte nicht ins Nicht-Ich, er hatte das Nicht-Ich selbst zum Ich gemacht, indem er es zum Absoluten erhoben hatte.

Leibniz soll vom *Gattungsbegriffe* des Dings überhaupt ausgegangen sein: es käme darauf an, die Sache genauer zu untersuchen, wozu hier der Ort nicht ist. Aber gewiß ist es, daß seine Schüler von diesem Begriff ausgingen, und dadurch ein System des unvollendeten Dogmatismus begründeten.

(*Frage*: Wie lassen sich jetzt die Monaden erklären, und die prästabilierte Harmonie? – Wie die theoretische Vernunft dem Kritizismus zufolge damit endet, daß das Ich = Nicht-Ich wird, so muß sie umgekehrt dem Dogmatismus zufolge damit enden, daß Nicht-Ich = Ich wird. Die praktische Vernunft muß dem Kritizismus zufolge auf Wiederherstellung des absoluten Ichs, dem Dogmatismus zufolge auf Wiederherstellung des absoluten Nicht-Ichs gehen. Es wäre interessant, ein konsequentes System des Dogmatismus zu entwerfen. Vielleicht geschieht es noch.)

... » *Das höchste Verdienst des philosophischen Forschers ist nicht, abstrakte Begriffe aufzustellen, und aus ihnen Systeme herauszuspinnen. Sein letzter Zweck ist reines absolutes Sein; sein größtes Verdienst das, was sich nimmer auf Begriffe bringen, erklären, entwickeln läßt – kurz, das Unauflösliche, das Unmittelbare, das Einfache – zu enthüllen und zu offenbaren*«...

---

höchste Punkt seines Systems. Bloße verworrene Imagination ist ihm Quelle alles Irrtums, intellektuale Anschauung Gottes Quelle aller Wahrheit und Vollkommenheit im ausgedehntesten Sinn des Worts. – »Quid, sagt er im zweiten Buch seiner Ethik Prop. XLIII. Schol., quid idea vera clarius et certius dari potest, quod norma sit veritatis? Sane, sicut lux se ipsam et tenebras manifestat, ita veritas norma sui et falsi est«. – Was geht über die stille Wonne dieser Worte, das Hen kai pan unseres besseren Lebens?

§ 10.

Das Ich enthält alles Sein, alle Realität. Sollte es eine Realität außerhalb des Ichs geben, so würde sie mit der im Ich gesetzten entweder übereinstimmen oder nicht. Nun ist alle Realität des Ichs bestimmt durch seine Unbedingtheit; es hat keine Realität, als insofern es unbedingt gesetzt ist. Gäbe es also eine Realität außer dem Ich, die mit der Realität im Ich übereinstimmte, so müßte diese Realität gleichfalls Unbedingtheit haben. Nun erhält aber das Ich alle seine Realität nur durch Unbedingtheit, mithin müßte Eine Realität des Ichs, die außer ihm gesetzt wäre, zugleich alle Realität desselben enthalten, d.h. es würde ein Ich außer dem Ich geben, was (§ 9) ungereimt ist. – Würde aber jene Realität außer dem Ich seiner Realität *widerstreiten*, so würde durch das Setzen jener eine Realität im Ich, und, da das Ich schlechthin Einheit ist, das Ich selbst mit aufgehoben, was ungereimt ist. (Wir sprechen vom absoluten Ich. Dieses soll Inbegriff aller Realität sein, und alle Realität soll ihm gleich gesetzt, d.h. *seine* Realität sein. Es soll die Data, die absolute Materie der Bestimmung alles Seins, aller möglichen Realität enthalten.) Will man Einwürfe antizipieren, so müssen wir auch Antworten antizipieren. Unser Satz nämlich wäre freilich sehr bald widerlegt, wenn entweder ein *vor* allem Ich gesetztes Nicht-Ich denkbar, oder das dem Ich ursprünglich und schlechthin *entgegengesetzte* Nicht-Ich *als* absolutes Nicht-Ich *realisierbar*, kurz, wenn die Realität der Dinge an sich in der bisherigen Philosophie beweisbar wäre; denn alsdann würde alle ursprüngliche Realität ins absolute Nicht-Ich fallen.

Ding an sich nämlich wäre entweder das *vor* allem Ich *gesetzte* Nicht-Ich; allein es ist schon bewiesen, daß ein vor allem Ich *gesetztes* Nicht-Ich schlechterdings *keine* Realität habe, ja nicht einmal denkbar sein könne, weil es sich nicht, wie das Ich selbst, realisiert, und nur in der *Entgegensetzung* gegen das *Ich*, und zwar nicht gegen das *bedingte* (denn dieses ist nur Korrelatum des Objekts), sondern gegen das *absolute* Ich gedenkbar ist.

Oder wäre das Ding an sich das dem Ich in seiner Endlichkeit *schlechthin entgegengesetzte* Nicht-Ich in seiner *bloßen Entgegensetzung*. Nun ist es zwar richtig, daß das Nicht-Ich ursprünglich dem

Ich *schlechthin*, und bloß als solches, entgegengesetzt wird,[11] weswegen auch das ursprüngliche Nicht-Ich kein bloß empirischer, abstrahierter Begriff sein kann (denn um einen solchen Begriff in der Erfahrung zu finden, müßte Erfahrung selbst, d.h. das Dasein eines Nicht-Ichs, *vorausgesetzt* werden), ebensowenig ein *allgemeiner Begriff a priori*, (denn es ist zwar nicht schlechthin *gesetzt*, aber schlechthin *entgegengesetzt*, muß also) als ein Entgegengesetztes, in der Qualität seines Entgegengesetztseins ebenso absolut (entgegengesetzt) sein, als das Ich gesetzt ist). Dieses ursprüngliche Entgegensetzen des Nicht-Ichs *schlechthin* kann es auch allein möglich gemacht haben, sich ein absolutes Nicht-Ich vor allem Ich einzubilden. Denn, obgleich der Dogmatismus sich anstellt, als ob er imstande wäre, ein Nicht-Ich vor allem Ich, nicht *entgegen*gesetzt, sondern schlechthin *gesetzt* zu denken, so wäre ihm doch selbst das bloße Denken eines absolut- *gesetzten* Nicht-Ichs unmöglich gewesen, hätte ihm nicht das absolut- *entgegen*gesetzte vorschwebt, dem er dann überdies noch unvermerkt diejenige Realität lieh, die nicht dem *schlechthin entgegen*gesetzten, sondern dein im Ich *gesetzten* Nicht-Ich zukommt.

---

[11] Insofern das Nicht-Ich dem Ich ursprünglich entgegengesetzt wird, setzt es das Ich notwendig voraus. Aber die Entgegensetzung selbst geschieht schlechthin, so gut als das Setzen des Ichs: eben deswegen aber ist das der Realität schlechthin Entgegengesetzte notwendig absolute Negation. Daß das Ich sich ein Nicht-Ich entgegengesetzt, dafür läßt sich so wenig weiter ein Grund angeben, als davon, daß es sich selbst schlechthin setzt, ja eins schließt unmittelbar das andere ein. Das Setzen des Ich ist absolutes Entgegensetzen, d.h. Negieren dessen, was Nicht = Ich ist. Aber ursprünglich kann überhaupt nichts, noch viel weniger aber etwas schlechthin entgegengesetzt werden, wie doch geschieht, ohne daß zuvor etwas schlechthin gesetzt ist. – Der zweite Grundsatz der Wissenschaft, der das Nicht-Ich dem Ich schlechthin entgegensetzt, erhält in sofern seinen (das Entgegen gesetzte) schlechthin, seine Form aber (das Entgegen setzen selbst) ist nur durch den ersten Grundsatz bestimmbar. – Der zweite Grundsatz soll aber nicht aus dem ersten analytisch hergeleitet werden, denn aus dem absoluten Ich kann kein Nicht-Ich hervorgehen, vielmehr findet ein Progressus von Thesis zu Antithesis, und von da zu Synthesis statt. Es wäre freilich nicht zu begreifen, wie die gesamte Wissenschaft auf einen Grundsatz gegründet werden könnte, wenn man annähme, daß sie in demselben gleichsam eingeschachtelt wäre; allein dies hat auch, soviel ich weiß, kein Philosoph behauptet.

Jenes schlechthin *entgegen*gesetzte Nicht-Ich nämlich ist zwar nicht schlechterdings *undenkbar*, wie das schlechthin (d.i. vor allem Ich) *gesetzte* Nicht-Ich, aber es hat als solches schlechterdings *keine*, auch nicht einmal denkbare, *Realität*. Denn es ist eben deswegen, weil es dem Ich *schlechthin* entgegengesetzt ist, nur als bloße *Negation*, als absolutes Nichts gesetzt, von dein sich also auch nichts, schlechterdings nichts, als seine bloße Entgegensetzung gegen alle Realität aussagen läßt. Sowie wir ihm Realität mitteilen wollen, versetzen wir es aus der bloßen Sphäre des absoluten Entgegensetzens in die Sphäre des Bedingten, im Ich Gesetzten. Entweder ist es nämlich dein *Ich schlechthin entgegen*gesetzt, also absolutes Nicht-Ich, d.h. absolutes *Nichts*, oder es wird zum *Etwas*, zum *Ding*, d.i. es wird nicht mehr *schlechthin* entgegengesetzt, sondern *bedingt*, ins Ich gesetzt, d.h. es hört auf, Ding *an sich* zu sein.

Will man also das dem Ich ursprünglich und schlechthin entgegengesetzte Nicht-Ich Ding an sich nennen, so geht das recht gut an, sobald man nur unter Ding an sich absolute Negation aller Realität versteht; will man ihm aber als schlechthin entgegengesetztem Nicht-Ich Realität beilegen, so ist dies nur durch eine Täuschung der empirischen Einbildungskraft möglich, die ihm diejenige Realität leiht, die dem Nicht-Ich *nur in der Qualität seines Gesetztseins im Ich zukommt*. Da nämlich dem ursprünglich entgegengesetzten Nicht-Ich schlechterdings keine Realität, sondern bloße Negation, weder reines noch empirisches Sein, sondern gar kein Sein (absolutes Nichtsein) zukommt, so muß es, wenn es Realität bekommen soll, dem Ich nicht schlechthin entgegen, sondern in ihm selbst gesetzt sein. *Insofern* nämlich das Ich sich ursprünglich ein Nicht-Ich entgegensetzt (dasselbe nicht bloß *ausschließt*, wie das absolute Ich), setzt es sich selbst als *aufgehoben*. Da es aber zugleich sich selbst schlechthin setzen soll, so setzt es hinwiederum das Nicht-Ich als schlechthin aufgehoben = 0. Setzt es also das Nicht-Ich schlechthin, so hebt es sich auf, setzt es sich schlechthin, so hebt es das Nicht-Ich auf – und doch sollten beide *gesetzt* sein. Dieser Widerspruch ist nicht lösbar, als nur dadurch, daß das Ich sich das Nicht-Ich gleich setzt. Allein dem widerstrebt die Form des Nicht-Ichs. Mithin kann es dem Nicht-Ich nur Realität *mitteilen*, es kann das Nicht-Ich nur setzen als Realität, verbunden mit Negation. Das Nicht-Ich hat also so lange *keine* Realität, als es dem Ich nur *entgegen*gesetzt, d.h. reines, absolutes Nicht-Ich ist; sobald ihm Realität mitgeteilt wird, muß es in den Inbegriff aller Realität, ins Ich, gesetzt werden, d.i. es muß aufhören, *reines* Nicht Ich zu sein. Um es nämlich in sich setzbar zu machen (was notwendig ist, da es zwar dem Ich entgegen – aber doch *gesetzt* sein soll), ist das Ich schlechthin genötigt, ihm seine Form, die Form des Seins und der Realität, der Unbedingtheit und der Einheit mitzuteilen. Dieser Form aber widerstrebt die Form des ursprünglich entgegengesetzten Nicht-Ichs; mithin ist die Übertragung der Form des Ichs an das Nicht-Ich nur durch *Synthesis* beider möglich, und aus dieser übertragenen Form des Ichs, der ursprünglichen Form des Nicht-Ichs, und der Synthesis dieser beiden entstehen die *Kategorien*, durch welche allein das ursprüngliche Nicht-Ich Realität erhält (vorstellbar wird), eben deswegen aber aufhört, absolutes Nicht-Ich zu sein.

Mithin ist die Idee von Ding an sich schlechterdings nicht, weder durch ein vor allem Ich *gesetztes*, noch durch das dem Ich ursprünglich *entgegen*gesetzte Nicht-Ich zu realisieren. Aber ebenso leicht könnte der Satz, daß im *Ich* alle Realität enthalten sei, umgestoßen werden, wenn die theoretische Idee eines *objektiven, außer* dem Ich vorhandenen Inbegriffs *aller* Realität realisierbar wäre. Wir räumen es ein, daß die höchste Synthesis, durch welche die theoretische Vernunft den Widerstreit zwischen Ich und Nicht-Ich zu lösen versucht, irgend ein x ist, in welchem diese beide Realitäten, das Ich und das im Ich gesetzte Nicht-Ich, als einem Inbegriff aller Realität, vereinigt werden sollen, daß demnach dieses x als etwas außer dem Ich, also = Nicht-Ich, aber ebensowohl als etwas außer dem Nicht-Ich, also = Ich, bestimmt ist, kurz, daß die theoretische Vernunft sich genötigt sieht, zu einem absoluten Inbegriff aller Realität = Ich = Nicht-Ich seine Zuflucht zu nehmen, und eben dadurch das absolute Ich als Inbegriff aller Realität aufzuheben.

Aber die höchste Synthesis der theoretischen Vernunft, die anders nichts, als der letzte Versuch, den Widerstreit zwischen Ich und Nicht-Ich beizulegen, ist, wird für uns, obgleich sie die absolute Realität des absoluten Ichs geradezu aufzuheben scheint, doch zugleich selbst der vollgültigste Bürge derselben, weil das Ich niemals genötigt sein könnte, jenen Widerstreit durch die Idee eines *objektiven* Inbegriffs aller Realität beizulegen, wäre nicht dieser Widerstreit erst *dadurch* möglich geworden, daß das Ich ursprünglich und vor allem Nicht-Ich als Inbegriff aller Realität gesetzt ist. Denn wäre dieses nicht der Fall, so könnte das Nicht-Ich eine vom Ich unabhängige und mit der Realität des Ichs zugleich setzbare Realität haben, mithin gäbe es keinen Widerstreit zwischen beiden, also wäre auch keine Synthesis und kein objektiver Inbegriffs widerstreitender Realität notwendig. Ebenso wäre ohne jene Voraussetzung, daß das absolute Ich Inbegriff[12] aller Realität sei, keine praktische Philosophie denkbar, deren Ende Ende alles Nicht-Ichs und Wiederherstellung des absoluten Ichs in seiner höchsten Identität, d.h. als Inbegriffs aller Realität, sein muß.[13]

---

[12] kein docheion (Zusatz der ersten Auflage).

[13] Man kann sich die Sache versinnlichen. – Das absolute Ich beschreibt eine unendliche Sphäre, die alle Realität befaßt. Dieser wird nun erst eine andere, gleichfalls unendliche Sphäre entgegengesetzt (nicht nur ausgeschlossen), die alle Negation befaßt (absolutes Nicht-Ich). Diese Sphäre ist also schlechthin = 0; jedoch erst dann, wann die absolute Sphäre der Realität schon beschrieben ist, und nur im Gegensatz gegen diese möglich. Denn absolute Negation bringt sich nicht selbst hervor, sondern ist nur im Gegensatz gegen absolute Realität bestimmbar. Eine unendliche Sphäre außer einer, vorher gesetzten, gleichfalls unendlichen, ist schon ein Widerspruch, und ihr Gesetztsein außer dieser schließt es schon in sich, daß sie absolute Negation sein muß. Denn wäre sie dies nicht, so wäre sie nicht außer jener unendlichen Sphäre, sondern fiele mit ihr zusammen. Die absolute Sphäre des Nicht-Ichs also, wenn sie bloß schlechthin gesetzt würde, müßte das Ich ganz aufheben, denn eine unendliche Sphäre duldet keine andere außer ihr. Aber eben deswegen müßte umgekehrt auch die Sphäre des Ichs die des Nicht-Ichs aufheben, wenn jene als unendlich gesetzt ist. Und doch sollen beide gesetzt sein. Mithin bleibt zunächst nichts übrig, als ein Streben des Ichs, jene unendliche Sphäre des Nicht-Ichs in seine Sphäre zu ziehen, denn sie soll gesetzt werden, und Setzen überhaupt ist nur im Ich möglich. Allein dem widerstrebt die absolute Negation dieser Sphäre, mithin ist sie nur mit Negation jener setzbar. Also wird die unendliche Sphäre der Negation, wenn sie in die unendliche Sphäre der Realität gesetzt werden soll, eine endliche Sphäre der Realität, d.h. sie ist notwendig nur als Realität, mit Negation verbunden, in derselben setzbar. Dadurch entsteht also zugleich Einschränkung des Ichs; die Sphäre des Ichs wird zwar nicht ganz aufgehoben, aber es ist notwendig, daß Negation, d.h. Schranke in sie gesetzt werde. Nun kann die endliche Sphäre streben, selbst die unendliche in sich zurückzuziehen und sich zum Mittelpunkt der gesamten Sphäre zu machen, von dem aus die Strahlen der Unendlichkeit so gut als die Sehranken der Endlichkeit ausgehen, was sich widerspricht. Ist nur der Widerstreit zwischen Ich und Nicht-Ich in der höchst möglichen Synthesis (Ich = Nicht-Ich) ausgedrückt, so bleibt, um ihn zu lösen, nichts mehr übrig, als gänzliche Zerstörung der endlichen Sphäre, d.h.

Erweiterung derselben bis zum Zusammenfallen mit der unendlichen (praktische Vernunft). (Anmerkung der ersten Auflage.)

§ 11.

Enthält das Ich alle Realität, so ist es unendlich. Denn wodurch anders sollte es begrenzt werden, als entweder durch eine *Realität außer* ihm, was (§ 10) unmöglich ist, oder durch eine *Negation* außer ihm, was abermals unmöglich ist, ohne es selbst vorher als schlechthin *nichtbegrenzt* zu setzen, da Negation als solche nur im Gegensatz gegen ein Absolutes bestimmbar ist, oder *durch sich selbst*, dann wäre es nicht *schlechthin*, sondern unter Bedingung einer Grenze gesetzt, was abermals unmöglich ist. – Das Ich muß *schlechthin* unendlich sein. Wäre eines seiner Attribute endlich, so wäre es diesem Attribute zufolge selbst endlich, also zugleich unendlich und endlich. Demnach *müssen auch alle Attribute des Ichs unendlich sein*. Denn das Ich ist nur durch das, was es ist, d.h. durch seine Attribute, unendlich. – Könnte man die Realität des Ichs in mehrere Teile zerlegen, so würden diese Teile entweder die Unendlichkeit der Realität beibehalten oder nicht. Im ersteren Falle gäbe es ein Ich außer dem Ich (denn wo Unendlichkeit ist, da ist Ich), eine Unendlichkeit außer der Unendlichkeit, was ungereimt ist; im anderen Falle könnte das Ich durch Teilung aufhören, d.h. es wäre nicht unendlich, es wäre nicht *absolute* Realität. *Das Ich ist also unteilbar.* Ist es unteilbar, so ist es auch *unveränderlich*. Denn da es durch nichts außer sich verändert werden kann (§ 8), so müßte es durch sich selbst verändert werden, also müßte ein Teil desselben den anderen bestimmen, d.h. es wäre teilbar. Das Ich soll aber immer sich selbst gleich, und absolute außerhalb alles Wechsels gesetzte Einheit sein.

§ 12.

Wenn *Substanz* das Unbedingte ist, *so ist das Ich die einige Substanz*. Denn gäbe es mehrere Substanzen, so gäbe es ein Ich außer dem Ich, was ungereimt ist. Demnach ist *alles, was ist, im Ich, und außer dem Ich ist nichts*. Denn das Ich enthält alle Realität (§ 8), und alles, was ist, ist durch Realität. Also ist alles im Ich. – Ohne Realität ist nichts, nun ist keine Realität außer dem Ich, also ist nichts *außer* dem Ich. Ist das Ich die einzige Substanz, so ist *alles, was ist, bloßes Akzidens des Ichs.*

Wir stehen an der Grenze alles Wissens, über welche hinaus alle Realität, alles Denken und Vorstellen verschwindet. Alles ist nur im Ich und für das Ich. Das Ich selbst ist nur für sich selbst. Um irgend etwas anderes zu finden, müssen wir schon vorher etwas gefunden haben; zu einer objektiven Wahrheit gelangen wir nur durch eine andere Wahrheit – aber zum Ich nur durch das Ich, deswegen, weil es nur *insofern* ist, als es nur *für sich selbst*, und für alles, was *außer* ihm ist, nichts, d.h. gar kein Objekt ist; denn es ist bloß, nicht insofern es gedacht wird, sondern insofern es sich selbst denkt.

Um Wahrheit zu finden, mußt du ein Prinzip aller Wahrheit haben: setze es so hoch als du willst, es muß doch im Lande der Wahrheit liegen, im Lande, das du erst suchen willst. Wenn du aber alle Wahrheit durch dich selbst hervorbringst, wenn der letzte Punkt, an dem alle Realität hängt, das Ich ist, und dieses nur durch sich selbst und für sich selbst ist, so ist alle Wahrheit und alle Realität dir unmittelbar gegenwärtig. Du beschreibst, indem du dich selbst als Ich setzst, zugleich die ganze Sphäre der Wahrheit, der Wahrheit, die nur durch dich und für dich Wahrheit ist. Alles ist nur im Ich und für das Ich. Im Ich hat die Philosophie ihr *Hen kai pan* gefunden, nach dem sie bisher als dem höchsten Preise des Sieges gerungen hat.[14]

Anmerkung. Ihr wollt mit eurem *abgeleiteten* Begriff von Substantialität des Nicht-Ichs die höchste des absoluten Ichs messen. Oder glaubt ihr, daß ihr den *Urbegriff* der Substantialität im Nicht-Ich gefunden habt?

---

[14] Auf meinem Ich ruht alles Dasein: mein Ich ist alles, in ihm und zu ihm ist alles, was ist: ich nehme mein Ich hinweg und alles, was ist, ist nichts. (Zusatz der ersten Auflage.)

Freilich hat die Philosophie schon längst einen Begriff von Substantialität des Nicht-Ichs aufgestellt. Um die unwandelbare Identität eures Ichs zu retten, müßt ihr notwendig auch das Nicht-Ich, dessen Urform Vielheit ist, zur Identität *erheben* und dem Ich gleichsam assimilieren. Damit es nicht als Nicht-Ich, d.h. als Vielheit, mit eurem Ich zusammenfalle, setzt es eure Einbildungskraft in den *Raum*; damit aber euer Ich, indem es, um die Synthesis zu vollbringen, die Vielheit aufnimmt, nicht ganz zerstreut werde, setzt ihr die Vielheit selbst in Wechsel (Sukzession), und für jeden Punkt des Wechsels wieder dasselbe, durch ein identisches Streben bestimmte, Subjekt; so erhaltet ihr vermittelst der Synthesis selbst und der mit der Synthesis zugleich hervorgebrachten Formen des Raums und der Zeit ein in Raum und Zeit bei allem Wechsel beharrendes Objekt – eine *übergetragene* (gleichsam geliehene) *Substantialität*, die aber eben deswegen nicht begreiflich ist, ohne eine ursprüngliche, nicht übergetragene Substantialität des absoluten Ichs vorauszusetzen, deren Begriff auch allein der kritischen Philosophie möglich machte, den Ursprung der Kategorie der Substanz ins Reine zu bringen.

Spinoza war es, der vorher schon jenen Urbegriff der Substantialität in seiner ganzen Reinheit gedacht hatte. Er erkannte, daß ursprünglich allem Dasein ein reines unwandelbares Ursein, allem Entstehenden und Vergehenden etwas durch sich selbst Bestehendes zugrunde liegen müßte, in welchem und durch welches erst alles, was Existenz hätte, zur Einheit des Daseins gekommen wäre. Man bewies ihm nicht, daß diese unbedingte, unwandelbare Urform alles Seins nur in einem Ich gedenkbar sei. Man hielt ihm den abstrahierten Begriff von Substantialität der Erscheinungen entgegen – (denn, solange der Urbegriff nicht entdeckt war, war der abgeleitete, übergetragene, obgleich vor aller Erfahrung, doch nur *in bezug* auf sie mögliche Begriff von Substantialität der Erscheinungen ein bloß abstrahierter Begriff) – als ob Spinoza diesen nicht recht gut gekannt und unzähligemal erklärt gehabt hätte, daß es ihm nicht um das in Zeit und Wechsel Beharrende, sondern um das außer aller Zeit unter der Urform der Unwandelbarkeit Gesetzte zu tun sei, daß jener abgeleitete Begriff selbst ohne den Urbegriff keinen Sinn und keine Realität habe usw. Man suchte also, das Unbedingte durchs Bedingte zu widerlegen. Der Erfolg ist bekannt.

§ 13.

Wenn außer dem Ich nichts ist, so muß das Ich alles in sich, d.h. *sich gleich* setzen. Alles, was es setzt, muß nichts, als seine eigene Realität in ihrer ganzen Unendlichkeit sein. Das absolute Ich kann sich zu nichts bestimmen, als überall unendliche Realität, d.h. *sich selbst* zu setzen.

Wollen wir das Setzende, weil wir kein anderes Wort haben, *Ursache*, und eine *Ursache*, die nichts außer sich, alles in sich selbst, sich gleich setzt, *immanente Ursache* nennen, so ist *das Ich immanente Ursache alles dessen*, was ist. Was also ist, ist nur dadurch, das es Realität hat. Sein Wesen (Essentia) ist Realität, denn es verdankt sein Sein (Esse) nur der unendlichen Realität; es ist nur insofern, als die Urquelle aller Realität ihm Realität mitgeteilt hat. Das Ich ist also nicht nur *Ursache des Seins, sondern auch des Wesens alles dessen, was* ist. Denn alles, was ist, ist nur durch das, was es ist, d.i. durch sein Wesen, durch seine Realität, und Realität ist nur im Ich. (Wer alle diese Sätze mit Sätzen widerlegen will, auf die wir selbst späterhin kommen müssen, mag es immerhin tun. Er wird aber finden, daß er sich die Mühe hätte ersparen können, und daß der Widerspruch, der die hier aufgestellten Sätze erwartet, gerade Problem der ganzen Philosophie ist. Doch wird er einräumen, daß vor der Antithesis Thesis, und beide vor der Synthesis vorhergehen müssen).

§ 14.

Die höchste Idee, welche die *Kausalität* der absoluten Substanz (des Ichs) ausdrückt, ist die Idee von *absoluter Macht*.

Kann man das Reine mit empirischem Maße messen? Könnt ihr euch nicht von allen empirischen Bestimmungen jener Idee, die eure Imagination euch zuführt, losreißen, so suchet die Schuld eures Mißverständnisses nicht in der Idee, sondern in euch selbst. Diese Idee ist so ferne von allem Empirischen, daß sie sich nicht nur darüber erhebt, sondern es sogar vernichtet. – Auch für Spinoza war sie einzige Bezeichnung der Kausalität der absoluten Substanz. Die absolute Macht der einigen Substanz ist ihm das Letzte, ja vielmehr das Einige. In ihr ist, nach Spinoza, keine Weisheit, denn ihr Handeln selbst ist Gesetz; kein Wille, denn sie handelt aus der Selbstmacht ihres Wesens, aus der Notwendigkeit ihres Seins. Sie handelt nicht zufolge einer Bestimmung, durch irgend eine außer ihr vorhandene Realität (ein Gut, eine Wahrheit); sie handelt nach ihrem Wesen, nach der unendlichen Vollkommenheit ihres Seins aus unbedingter Macht. Ihr Wesen selbst ist nur diese Macht.[15] .

Diese erhabenste Idee im Systeme Spinozas fand man nicht nur theoretisch falsch, sondern auch durch praktische Gründe widerlegbar. Diese Idee, sagte man, hebe alle Begriffe von freier, obwohl durch Gesetze bestimmter Weisheit auf, weil man sich nämlich einerseits nicht zu der reinen Vorstellung einer absoluten Macht, die nicht nach Gesetzen außer sich, sondern nur durch die Gesetze ihres Seins, durch ihr Sein selbst, als solches, handelt, erhoben hatte, und andererseits, weil man nicht bedachte, daß jener Begriff von Weisheit, da er nur unter Voraussetzung einer Einschränkung denkbar ist, selbst ein Unding sein müßte, wenn nicht als das letzte Ziel ihres Strebens absolute Macht, die aus innerer Notwendigkeit ihres Wesens schlechthin handelt, die nicht mehr Wille, nicht mehr Tugend)

---

[15] Eth. Lib. I, Prop. XXXI. – Prop. XXXII: Deus non agit ex ratione boni, sed ex naturae suae perfectione. Qui illud statuunt, videntur aliquid extra Deum ponere, puod a Deo non dependet, ad quod Deus tanquarn ad exemplar in operando attendat, vel ad quod tanquam ad certum scopum collimat, quod profecto nihil aliud est, quam Deum fato subjicere. – Prop. XXXIII: Dei potentia est ipsius essent a.

nicht mehr Weisheit, nicht mehr Glückseligkeit, sondern Macht schlechthin ist, vorausgesetzt wird.

Anmerkung. Freilich hat Kant von Moralität und verhältnismäßiger Glückseligkeit als dem höchsten Gut und dem letzten Endzwecke gesprochen. Aber er wußte es selbst am besten, daß Moralität ohne höheren Endzweck selbst keine Realität habe, daß sie Einschränkung, Endlichkeit voraussetze und nicht als letztes Ziel selbst, sondern nur als *Annäherung* zu demselben denkbar sei. Ebenso vermied er überall, sich über das Verhältnis von Glückseligkeit zur Moralität bestimmt zu erklären, unerachtet er wohl wußte, daß Glückseligkeit als bloßes Ideal der Einbildungskraft nichts als ein *Schema* sei, durch welches die *praktische Vorstellbarkeit* des Nicht-Ichs vermittelt werde,[16] also nicht zum letzten (Endzweck) gehören

---

[16] Da das Nicht-Ich Gegenstand eines durch Freiheit bestimmten Strebens des Ichs werden soll, so muß es von der Form der Bedingtheit zur Form der Unbedingtheit gesteigert werden. Allein, da das Nicht-Ich als Nicht-Ich Gegenstand dieses Strebens sein soll, so kann dadurch nur sinnliche, d.h. imaginierbare Unbedingtheit, d.h. Erhebung des Nicht-Ichs selbst zu einer Form, die durch keine Form des Verstandes oder der Sinnlichkeit erreichbar ist, entstehen.

Eine solche Vermittlung des Bedingten und Unbedingten ist nur durch die Einbildungskraft gedenkbar. Die Idee von Glückseligkeit entsteht also ursprünglich durch eine bloß theoretische Operation. Praktisch vorgestellt aber ist sie nichts als notwendige Zusammenstimmung des Nicht-Ichs mit dem Ich, und da diese Zusammenstimmung eine unendliche Aufgabe für das Ich ist, bleibt sie selbst in praktischer Bedeutung eine Idee, die nur in unendlichem Fortschritt realisiert wird. Aber in praktischer Bedeutung ist sie auch ganz identisch mit dem letzten Endzweck des Ichs, und insofern, da Moralität stufenweise Annäherung zum letzten Endzweck ist, kann sie freilich als das, nur durch Moralität realisierbare, mit Moralität immer in gleichem Verhältnis stehende, vorgestellt werden. Und in dieser Bedeutung allein kann Kant Glückseligkeit im Verhältnis mit Moralität gedacht haben. Man kann empirische Glückseligkeit als zufällige Übereinstimmung der Objekte mit unserm Ich erklären. Empirische Glückseligkeit kann also unmöglich als im Zusammenhang mit Moralität gedacht werden. Denn diese geht nicht auf zufällige, sondern auf notwendige Übereinstimmung des Nichts-Ichs mit dem Ich. Reine Glückseligkeit besteht also gerade in Erhebung über die empirische Glückseligkeit, die reine schließt die empirische notwendig aus. Aber es ist sehr begreiflich, warum man bei Kant, so oft von Glückseligkeit die Rede war, immer empirische Glückseligkeit verstand; aber zu verwundern ist, daß, soviel ich weiß, noch niemand die moralische Verderblichkeit eines solchen Systems gerügt hat, das

könne, da dieser auf Identifikation des Nicht-Ichs mit dem Ich, d.h. auf gänzliche Zernichtung desselben als Nicht-Ichs, geht, daß demnach das Streben nach empirischer Glückseligkeit (als einer *durch Natur* bewirkten Übereinstimmung der Objekte mit dem Ich) selbst unvernünftig sei, ohne vorauszusetzen, daß das letzte Ziel alles Strebens nicht sie selbst, sondern gänzliche Erhebung über ihre Sphäre sei,[17] daß wir also ins Unendliche fort streben müssen, nicht glückselig zu *werden*, sondern der Glückseligkeit gar nicht mehr zu bedürfen, ja ihrer ganz *unfähig* zu werden, und unser Wesen selbst zu einer Form zu erheben, die der Form der Glückseligkeit sowohl, als der ihr entgegengesetzten Form geradezu widerspricht.

*

Das absolute Ich nämlich fordert schlechthin, daß das endliche Ich *ihm* gleich werde, d.h. daß es alle Vielheit und allen Wechsel in sich schlechthin zernichte. Was für das *endliche*, durch ein Nicht-Ich beschränkte, Ich *moralisches* Gesetz ist, ist für das unendliche *Naturgesetz*, d.h. es ist zugleich mit und in seinem bloßen *Sein gegeben*. Das unendliche Ich ist bloß insofern, als es sich selbst gleich, als es durch seine bloße Identität *bestimmt* ist; es *soll* nicht erst sein Sein bloß durch Identität mit sich selbst *bestimmen*. Das unendliche Ich also kennt gar kein Moralgesetz, und ist seiner Kausalität nach bloß als absolute, sich selbst gleiche, *Macht* bestimmt. Aber moralisches Gesetz, obgleich es bloß in bezug auf Endlichkeit stattfindet, hat doch selbst keinen Sinn und Bedeutung, wenn es nicht als Endzweck alles Strebens Unendlichkeit des Ichs und seine eigene Um-

---

empirische Glückseligkeit als mit Moralität, nicht durch inneren Zusammenhang, sondern bloß durch äußere Kausalität verbunden vorstellt.

[17] Wäre nicht der letzte Endzweck alles Strebens des Ichs Identifizierung des Nicht-Ichs mit sich selbst, so würde die zufällige, durch Natur bewirkte Übereinstimmung der Objekte mit unserem Ich gar keinen Reiz für uns haben. Nur indem wir eine solche Übereinstimmung in bezug auf unsere ganze Tätigkeit (die vom untersten Grade an bis zum höchsten auf nichts anderes denn Übereinstimmung des Nicht-Ichs mit dem Ich geht) denken, betrachten wir jene zufällige Übereinstimmung als Begünstigung (nicht als Belohnung), als ein freiwilliges Entgegenkommen der Natur, als eine unerwartete Unterstützung, die sie unserer gesamten (nicht nur unserer moralischen) Tätigkeit angedeihen läßt.

wandlung in ein bloßes *Naturgesetz*[18] des Ichs aufstellt. – Das moralische Gesetz im endlichen Wesen ist also vorerst *Schema* des *Naturgesetzes*, wodurch das Sein des Unendlichen bestimmt ist; was durch dieses als *Seiend* vorgestellt wird, muß jenes als *Gefordert* vorstellen. Da nun das höchste Gesetz, wodurch das *Sein* des unendlichen Ichs bestimmt ist, das Gesetz seiner Identität ist (§ 7), so muß das Moralgesetz im endlichen Wesen diese Identität nicht als *Seiend*, sondern als Gefordert vorstellen, und das höchste Gesetz für das endliche Wesen ist demnach dieses: *Sei absolut – identisch mit dir selbst.*[19]

Allein insofern dieses Gesetz auf ein moralisches *Subjekt*, d.h. auf ein durch Wechsel und Vielheit bedingtes Ich angewandt werden soll, widerstrebt dieses jener Form der Identität schlechthin, und das Gesetz wird nur durch einen neuen Schematismus anwendbar auf dasselbe. Dem moralischen Urgesetz des endlichen Ichs: *Sei identisch*, widerstrebt nämlich das *Naturgesetz* desselben Ichs, kraft dessen es nicht identisch – d.h. Vielheit – *nicht sein soll*, sondern – ist. Dieser Widerstreit zwischen dem *Moral-* und zwischen dem *Naturgesetz* der Endlichkeit kann nur durch ein neues Schema, nämlich das des *Hervorbringens in der Zeit* vermittelt werden, so daß nun jenes Gesetz, das auf eine Forderung des *Seins* geht, zu einer Forderung des *Werdens* wird. Das moralische Urgesetz, in seiner ganzen Versinnlichung ausgedrückt, lautet daher so: *werde* identisch, *erhebe* (in der Zeit) die *subjektiven* Formen deines Wesens zu der Form des Absoluten. (Das reine moralische Urgesetz *schließt* schon alle subjektiven Formen [alle Formen, die nur dem durch Objekte bedingten Ich angehören] aus, und fordert geradezu: *sei* identisch! Diesem Gesetz aber widerstreben eben jene Formen schlechthin, mithin ist eine *Synthesis* notwendig, in die *sie selbst,*

---

[18] Man kann also auch sagen, der letzte Endzweck des Ichs sei, die Freiheitsgesetze zu Naturgesetzen, und die Naturgesetze zu Freiheitsgesetzen zu machen, im Ich Natur, in der Natur Ich hervorzubringen.

[19] Dieses Gesetz läßt sich durch alle der Urform der Identität untergeordneten Formen verfolgen. Der Quantität nach ausgedrückt heißt es: sei schlechthin Eines. Der Qualität nach: setze alle Realität in dich, d.h. alle Realität dir gleich. Der Relation nach: sei von aller Relation, d.i. von aller Bedingtheit, frei. – Der Modalität nach: setze dich außer aller Sphäre des Daseins, setze dich in die Sphäre des reinen absoluten Seins (unabhängig von aller Form der Zeit usw.).

aber nicht mehr als Formen des *Subjekts* [des Endlichen], sondern als Formen des Absoluten aufgenommen werden).[20]

(Durch diesen Schematismus des moralischen Gesetzes wird die Idee von moralischem Fortschritt, und zwar von *Fortschritt* ins Unendliche möglich. Das absolute Ich ist das einige Ewige, aber eben deswegen muß das endliche Ich, da es strebt identisch mit ihm zu werden, auch nach reiner Ewigkeit streben, also, da es das, was im unendlichen Ich als Seiend gesetzt ist, in sich als *Werdend* ausdrückt, in sich selbst auch werdende, d.i. empirische Ewigkeit, *unendliche Dauer* setzen. Das letzte Ziel des endlichen Ichs ist also Erweiterung bis zur Identität mit: dem Unendlichen. Im endlichen Ich ist Einheit des Bewußtseins, d.h. Persönlichkeit. Das unendliche Ich aber kennt gar kein Objekt, also auch kein Bewußtsein und keine Einheit des Bewußtseins, Persönlichkeit. Mithin kann das letzte Ziel alles Strebens auch als Erweiterung der Persönlichkeit zur Unendlichkeit, d.h. als Zernichtung derselben vorgestellt werden. – Der letzte Endzweck des endlichen Ichs sowohl als des Nicht-Ichs, d.h. der Endzweck der Welt ist ihre *Zernichtung*, als einer Welt, d.h. als eines Inbegriffs von Endlichkeit (des endlichen Ichs und des Nicht-Ichs). Zu diesem Endzweck findet nur unendliche Annäherung statt – daher unendliche Fortdauer des Ichs, *Unsterblichkeit*.

---

[20] Verfolgen wir dieses schematisierte Gesetz wiederum durch die untergeordneten Formen, so erhält man folgende Gesetze: der Quantität nach: werde schlechthin Eines. (Was erst Einheit wird, setzt Vielheit in sich voraus, und wird es nur durch Erhebung derselben zur Einheit; also ist jener Ausdruck: identisch mit diesem: erhebe die Vielheit in dir zur Einheit, d.h. werde eine in dir selbst beschlossene Totalität). Der Qualität nach: werde Realität schlechthin. (Was Realität wird, wird es im Streit gegen Negation, also kann es auch so ausgedrückt werden: erhebe die Negation in dir zur Realität, d.h. gib dir eine Realität, die ins Unendliche fort [in der Zeit] nie aufgehoben werden kann). – Der Realität nach: werde absolut unbedingt, strebe nach absoluter Kausalität – abermals Ausdruck. eines ursprünglichen Widerstreits, also ebensoviel als: mache die passive Kausalität in dir identisch mit der aktiven (bringe Wechselwirkung hervor, mache, daß, was passive Kausalität in dir ist, zugleich aktive, und was aktive ist, passive werde). Der Modalität nach: strebe, dich in die Sphäre des absoluten Seins, unabhängig vom Zeitwechsel, zu setzen. Streben ist nur in der Zeit möglich, mithin ist ein Streben, sich außer alles Zeitwechsels zu setzen, ein Streben in aller Zeit. Also kann jenes Gesetz auch so ausgedrückt werden: Werde ein notwendiges Wesen, ein Wesen, das in aller Zeit beharrt.

Gott in theoretischer Bedeutung ist Ich = Nicht-Ich, in praktischer *absolutes* Ich, das alles Nicht-Ich zernichtet. Insofern das unendliche Ich schematisch als letztes Ziel des endlichen, also *außer* demselben vorgestellt wird, kann Gott in der praktischen Philosophie zwar als *außer* dem *endlichen* (*schematisch*), aber nur als *identisch* mit dem unendlichen vorgestellt werden.[)]

*

Aus diesen Deduktionen erhellt, daß die Kausalität des *unendlichen* Ichs schlechterdings nicht als Moralität, Weisheit usw., sondern nur als absolute Macht, die die ganze Unendlichkeit erfüllt, und nichts Widerstrebendes, selbst nicht das als unendlich vorgestellte Nicht-Ich, in ihrer Sphäre duldet, vorgestellt werden kann: daß also auch das Moralgesetz, selbst in seiner ganzen Versinnlichung, nur in bezug auf ein höheres Gesetz des *Seins*, das, im Gegensatz gegen das Gesetz der Freiheit, Naturgesetz heißen kann, Sinn und Bedeutung erhalte. Freilich werden diejenigen mit diesen Deduktionen nicht zufrieden sein, die das Ziel unseres moralischen Strebens so nah und so tief als nur immer möglich zu stecken bemüht sind – auch nicht diejenigen, die an den kantischen Buchstaben und an den einzign Punkt ihres empirischen Systems, den er scheinbar noch übrig ließ, schon wieder eine so große Menge von Postulaten der Glückseligkeit angehängt haben, da doch, wenn Glückseligkeit nicht als identisch mit dem letzten Endzweck, d.h. als gänzliche Erhebung über alle Sphäre empirischer Glückseligkeit, gedacht wird, sie selbst nicht einmal zu den Forderungen der *moralischen* Vernunft gehören kann, und doch nur *dieser* Forderungen erlaubt sind; – ebensowenig diejenigen, die glauben konnten, daß Kant eine Erkenntnis, die er in der theoretischen Philosophie für unmöglich hielt, in der praktischen für möglich halten, und also in dieser die übersinnliche Welt (Gott usw.) wieder als etwas *außer* dem Ich, als *Objekt* aufstellen könne, als ob nicht, was Objekt ist, möge es nun zum Objekt geworden sein wodurch es wolle, auch für die theoretische Philosophie Objekt) d.h. erkennbar, werden müßte. (Was nur Objekt ist, muß auch erkennbar sein im kantischen Sinne des Wortes, d.h. sinnlich anschaubar und durch Kategorien denkbar. – Siehe unten). – Freilich führt nach Kant das Übersinnliche in der theoretischen Philosophie auf Widersprüche, weil diese alles Absolute (alles Ich) zernichtet; freilich führt nach eben demselben die praktische

Philosophie ins übersinnliche Gebiet, weil sie umgekehrt alles Theoretische vernichtet, und das, was allein intellektual angeschaut wird (das reine Ich), wiederherstellt, aber da wir nur durch Wiederherstellung des absoluten Ichs in die übersinnliche Welt kommen, was wollen wir dann in ihr anders, als nur das Ich, wieder finden? – also keinen Gott als *Objekt*, überhaupt kein Nicht-Ich, keine empirische Glückseligkeit usw., bloßes reines absolutes Ich!

§ 15.

Das Ich ist, weil es ist, ohne alle Bedingung und Einschränkung. *Seine Urform ist die des reinen, ewigen Seins;* von ihm kann man nicht sagen: *es war, es wird sein,* sondern schlechthin: *es ist.* Wer es anders denn nur durch sein Sein schlechthin bestimmen will, muß es in die empirische Welt herabziehen. *Es ist schlechthin,* also außer *aller* Zeit gesetzt, die Form seiner intellektualen Anschauung ist *Ewigkeit.* Es ist unendlich durch *sich selbst;* auch nicht eine vage Unendlichkeit, dergleichen die Einbildungskraft, als an die Zeit gebunden, sich vorstellt, vielmehr ist es die bestimmteste, in seinem Wesen selbst enthaltene, Unendlichkeit, seine Ewigkeit ist selbst die Bedingung seines Seins. Insofern das Ich ewig ist, hat es gar keine *Dauer.* Denn Dauer ist nur in bezug auf Objekte denkbar. Man spricht von einer Ewigkeit der Dauer (aeviternitas), d.i. von einem Dasein in *aller* Zeit, aber Ewigkeit im reinen Sinne des Wortes (aeternitas) ist Sein in *keiner* Zeit. Die reine Urform der Ewigkeit liegt im Ich: dieser widerstrebt das Dasein des Nicht-Ichs in *bestimmter* Zeit, welchen Widerstreit dann die transzendentale Einbildungskraft durch das Dasein zu *aller* Zeit, d.h. durch die Vorstellung empirischer Ewigkeit, vereiniget.[21] Allein diese empirische Ewigkeit (figürlich durch eine immerfort verlängerte Linie darstellbar) ist selbst ohne den Urbegriff reiner Ewigkeit nicht gedenkbar, und kann also unmöglich auf das absolute Ich, das die Urform alles Seins enthält, übergetragen werden. Das *Endliche dauert;* die *Substanz* schlechthin ist, durch ihre unendliche Macht, zu sein.

---

[21] Der Gang aller Synthesis ist der, daß sie, was im absolut Gesetzten absolut gesetzt ist, im Entgegengesetzten bedingt (mit Einschränkung) setzt. So ist das Nicht-Ich in seiner ursprünglichen Entgegensetzung absolut, deswegen aber auch als schlechthin = 0 gesetzt, denn ein unbedingtes Nicht-Ich ist ein Widerspruch, d.h. schlechthin nichts. Nun erhält zwar das Nicht-Ich in der Synthesis Realität, verliert aber eben dadurch seine Unbedingtheit, d.h. es wird Realität mit Negation verbunden, bedingte (limitierte) Realität. So ist das Nicht-Ich ursprünglich außerhalb aller Zeit gesetzt, wie das Ich, dafür aber auch schlechthin = 0; erhält es Realität, so verliert es dadurch sein Gesetztsein außer aller Zeit, und wird in bestimmte Zeit, durch eine neue Synthesis endlich in alle Zeit gesetzt, d.h. die absolute Ewigkeit des Ichs wird im Nicht-Ich, sofern es Realität durchs Ich erhält, empirische Ewigkeit.

Anmerkung 1. Auch Spinoza hatte gegen diesen Begriff von Dauer, als Form des absoluten Seins, zu kämpfen. Ewigkeit ist ihm Form reiner intellektualer Anschauung, aber nicht relative, empirische, sondern absolute, reine Ewigkeit, Dauer, selbst Dauer in aller Zeit nichts als eine Form des (empirisch-bedingten) Subjekts, die aber selbst nur durch die höhere Form des ewigen Seins möglich wird. Versteht man unter Ewigkeit empirische Ewigkeit, so war ihm die absolute Substanz *nicht* – ewig, d.h. überall nicht durch diese Form bestimmbar, weder in bestimmter, noch in aller Zeit, sondern in gar keiner Zeit existierend.[22]

Anmerkung 2. Nun ist es auch Zeit, das Ich selbst vollends ganz zu bestimmen, und allen möglichen Vermengungen mit anderen Begriffen vorzukommen. Oben bestimmten wir das Ich bloß als das, was schlechterdings niemals Objekt werden kann. Wollten wir also vom Ich als *Objekt* etwas aussagen, so würden wir allerdings in einen dialektischen Schein verfallen. Denn insofern es Objekt einer bloßen *Idee* wäre, hätte es allerdings keine Realität, und insofern es überhaupt Objekt wäre, müßten wir, um es als solches zu realisieren, auf eine objektive Anschauung hinausgehen, was notwendig auf Widersprüche führte.

Allein wir haben das Ich selbst bloß dadurch bestimmt, daß es schlechterdings nicht Objekt werden könne; wir haben ferner gezeigt, daß es ebensowenig eine bloße Idee sein kann, daß also hier

---

[22] Eth. L. V., Prop. XXIII. Schol.: – aeternitas nec tempore definiri, nec ullam ad tempus relationem habere potest. At nihilominus sentimus experimurque, nos aeternos esse. Nam mens non minus res illas sentit, quas intelligendo concipit, quam quas in memoria habet. Mentis enim oculi, quibus res videt observatque, sunt ipsae demonstrationes. Quamvis igitur non recordemur, nos ante corpus extitisse, sentimus tamen, mentem nostram, quatenus corporis essentiam sub aeternitatis specie involvit, aeternam esse, et hanc ejus existentiam tempore definiri s. per durationem explicari non posse. Mens igitur nostra eatenus tantum dici potest durare, ejusque existentia certo tempore definiri, quatenus actualem corporis existentiam involvit, et eatenus tantum potentiam habet, rerum existentiam tempore determinandi easque sub duratione concipiendi.

Ebenso stark erklärt sich auch in seinen Briefen gegen diese Verwechslung der Ewigkeit und der Dauer, sowie überhaupt gegen alle Vermischung der reinen Urbegriffe des Seins mit den abgeleiteten Formen der empirischen Existenz. S. vorzüglich Opp. posth. p. 467.

die einzigmögliche intellektuale Anschauung gegeben sei. Ich wünschte sehr, irgend eine Deduktion des absoluten Ichs aus Begriffen zu sehen. Eben deswegen behauptete Kant, daß keine Philosophie aus Begriffen möglich sei, weil er wußte, daß die einzig mögliche Philosophie, die kritische, auf einem letzten Grund beruhe, der durch keine objektiven Begriffe erreicht wird. Daß eine Deduktion des Ichs aus bloßen Begriffen unmöglich sei, hat *Kant* schon *dadurch* angedeutet, daß er den ursprünglichen Satz: Ich bin! der keine *Folge* des Satzes: Ich denke, sondern in diesem enthalten ist,[23] als *vor allen* Begriffen vorhergehend, und sie nur, gleichsam als Vehikel, begleitend, aufgestellt hat. Will man aber, daß es gar kein absolutes Ich gebe, so muß nach dem Obigen nicht nur alle Freiheit, sondern selbst alle Philosophie geleugnet werden. Denn selbst der niedrigste Grad von Spontaneität in der theoretischen Philosophie offenbart eine ursprüngliche Freiheit des absoluten Ichs so gut, als der höchstmögliche in der praktischen Philosophie. Auch ist durch Leugnung des absoluten Ichs der Dogmatismus förmlich begründet. Denn, wenn das Dasein eines empirisch-bedingten Ichs nicht durch Voraussetzung eines absoluten Ichs erklärt werden kann, so bleibt keine andere Erklärung übrig, als aus dem absoluten Nicht-Ich, d.h. aus dem Prinzip alles Dogmatismus, das sich selbst widerspricht. Mithin ist mit Aufhebung eines absoluten Ichs nicht nur eine *bestimmte*, sondern alle Philosophie aufgehoben. Die Behauptung eines absoluten Ichs ist

1. nichts weniger als *transzendente Behauptung*, so wenig als der praktische Übergang ins übersinnliche Gebiet transzendent ist. Vielmehr, da gerade diejenige Behauptung transzendent ist, die das *Ich überfliegen* will, so muß die Behauptung eines absoluten Ichs die immanenteste aller Behauptungen, ja die Bedingung aller immanenten Philosophie sein. Die Behauptung eines absoluten Ichs würde allerdings transzendent, wenn sie *über* das Ich hinausginge, d.i. wenn sie ihm zugleich sein Dasein als Objekt bestimmen wollte. Allein der Sinn jener Behauptung ist ja gerade der, daß das Ich

---

[23] Das absolute Ich ist ohne allen Bezug auf Objekte, also nicht dadurch, daß es überhaupt denkt, sondern dadurch, daß es nur sich selbst denkt. Eben deswegen konnte Cartesius mit seinem Cogito, ergo sum, nicht weit kommen. Denn er setzte dadurch als Bedingung des Ichs sein Denken überhaupt, d.h. er hatte sich nicht bis zum absoluten Ich erhoben.

schlechterdings kein Objekt sei, und daß es also unabhängig von allem Nicht-Ich, ja sogar alles Nicht-Ich *ursprünglich* ausschließend, sein Sein in sich selbst habe, sich selbst hervorbringe. In der transzendentalen Dialektik bleibt der von Kant aufgedeckte Paralogismus nicht beim reinen Ich stehen, vielmehr sucht er das durch Nicht-Ich bedingte, also selbst zum Objekt gewordene Ich als Objekt einerseits und doch andererseits als Ich, d.h. als absolute Substanz, zu realisieren. Das absolute Ich aber *realisiert sich selbst*; ich darf, um zu seinem Sein zu gelangen, nicht über seine Sphäre hinausgehen, und der Satz: Ich bin! unterscheidet sich eben dadurch als der einzige, mit keinem anderen vergleichbare, von allen Existentialsätzen. Der ganze Paralogismus der transzendentalen Psychologie beruht also gerade darauf, daß man das, was bloß dem absoluten Ich zukommt, durch ein Objekt realisieren will. (Denn die ganze Dialektik geht auf Zerstörung des absoluten Ichs und Realisierung des absoluten Nicht-Ichs [= Ich], d.i. des Dings an sich).

»Ich denke. Ich bin!« das sind lauter analytische Sätze. Aber die transzendentale Dialektik macht das Ich zum Objekt, und sagt: was denkt, ist; was als Ich gedacht wird, ist Ich. Dies ist: ein *synthetischer* Satz, wodurch ein Denkendes überhaupt als Nicht-Ich gesetzt wird. Ein Nicht-Ich aber bringt sich nicht selbst durch sein Denken hervor, wie Ich!

Das absolute Ich ist

2. ebensowenig gleichbedeutend mit dem *logischen* Ich. Im bloß empirischen Denken komme ich auf das Ich überhaupt nur als auf *logisches* Subjekt und auf Bestimmbarkeit meines Daseins in der Zeit; dagegen in der intellektualen Anschauung das Ich sich als absolute Realität außerhalb aller Zeit hervorbringt. Wenn wir also vom absoluten Ich sprechen, wollen wir nichts weniger als das logische im Bewußtsein enthaltene Subjekt bezeichnen. Allein dieses logische Subjekt ist doch selbst nur *durch die Einheit des absoluten Ichs* möglich. (Mein empirisches Ich wird in Wechsel gesetzt, damit es aber doch wenigstens im Wechsel sich gleich bleibe, strebt es, die Objekte selbst, durch die es in Wechsel gesetzt wird, zur *Einheit* zu erheben – [Kategorien] – und bestimmt durch die Identität seines *Strebens* die Identität seines *Daseins* als eines im Wechsel der Zeit beharrenden Prinzips der Vorstellungen). Die Einheit des Bewußtseins bestimmt also nur Objekte, kann aber nicht hinwiederum das

Ich als *Objekt* bestimmen; denn als reines Ich kommt es im Bewußtsein gar nicht vor, und käme es darin vor, so könnte es doch als reines Ich nie zum Nicht-Ich werden; als empirisches Ich aber hat es gar keine Realität, als nur *in der Einheit der Apperzeption*, und bloß in bezug auf Objekte. *Ich denke! ist bloßer Ausdruck der Einheit: der Apperzeption*, die alle Begriffe begleitet, also nicht in intellektualer Anschauung, wie der Satz: Ich bin! sondern nur in bezug auf Objekte, d.i. nur empirisch, bestimmbar. Es ist Ausdruck nicht einer absoluten, sondern nur in bezug auf Vielheit denkbaren Form der Einheit, dadurch das Ich weder als *Erscheinung*, noch als *Ding an sich* (also überhaupt nicht als *Ding*), aber ebensowenig als absolutes Ich, sondern nur als *Prinzip* eines *in der bloßen Einheit des Denkens bestimmten*, also *außer* dem Denken alle Realität verlierenden Etwas bestimmt wird. Dagegen ist doch dieses bloß denkbare, nur in der Einheit des Bewußtseins enthaltene Ich einzig nur durch eine ursprünglich und absolut vorhandene Einheit eines absoluten Ichs begreiflich. Denn gibt es kein absolutes Ich, so begreift man nicht, wie ein Nicht-Ich ein logisches Ich, eine Einheit des Denkens hervorbringen solle, überhaupt aber nicht, wie nur überhaupt Nicht-Ich möglich sein solle, woher es auch kommt, daß jeder, der es versucht das absolute Ich in Gedanken aufzuheben, sich alsobald genötigt fühlt das Nicht-Ich selbst zum Ich zu erheben. (Wie dies auch bei Spinoza der Fall war). Denn es gibt schlechterdings nichts Denkbares für mich ohne Ich, wenigstens ohne logisches Ich, und logisches Ich kann unmöglich durch Nicht-Ich, also nur durch absolutes Ich hervorgebracht sein.

Wenn also vom absoluten Ich die Rede ist, so reden wir

1. nicht vom *logischen* Ich, denn dies ist bloß in bezug auf Objekt denkbar, und bloßer Ausdruck des Strebens des Ichs, seine Identität im Wechsel der Objekte zu erhalten. Eben deswegen aber, da es nur durch jenes Streben denkbar ist, ist es selbst Bürge des absoluten Ichs und seiner absoluten Identität.

2. Ebensowenig vom *absoluten Subjekt* in der *transzendentalen Dialektik*, wodurch das logische Subjekt, das ursprünglich nichts als bloß *formales Prinzip der Einheit des Denkens, bloßes Korrelatum der Apperzeption ist*, als *Objekt* realisiert werden soll, was sich unmittelbar widerspricht. Das dialektische Subjekt entsteht durch bloße *Abstraktion*, und durch die paralogistische Voraussetzung, daß das Ich im Bewußtsein als *unabhängig* vom Bewußtsein bestimmbares

Objekt denkbar sei. *Dadurch* unterscheidet sich das dialektische Ich ebensowohl vom logischen als vom reinen Ich. Denn keines von diesen beiden ist durch Abstraktion entstanden. Jenes ist nichts als formales Prinzip der Einheit des Denkens (und also der Abstraktion selbst), dieses ist höher denn alle Abstraktion, und nur durch sich selbst setzbar.

Das absolute Ich ist also weder bloß formales Prinzip, noch Idee, noch Objekt, sondern reines Ich in intellektualer Anschauung als absolute Realität bestimmt. Wer also einen Beweis fordert, »daß ihm außer unserer Idee etwas entspreche«, der weiß nicht, was er fordert; denn 1. ist es durch keine Idee gegeben, 2. realisiert es sich selbst, es bringt sich selbst hervor, und braucht also nicht erst realisiert zu werden. Denn, sollte es auch realisierbar sein, so würde die Handlung selbst, durch die es realisiert werden sollte, es schon voraussetzen, d.h. seine Realisierung, als eines außer sich selbst gesetzten Etwas, hebt sich selbst auf. Es ist entweder nichts, oder durch sich selbst und in sich selbst – nicht als Objekt, aber als *Ich* realisiert.

Die Philosophie wird also gerade dadurch, daß das absolute Ich als Prinzip aufgestellt wird, vor allem Schein gesichert. Denn das Ich, als Objekt, ist, wie wir selbst erwiesen haben, nur durch dialektischen Schein möglich, das Ich in logischer Bedeutung aber hat keine Bedeutung, als bloß insofern es Prinzip der Einheit des Denkens ist, verschwindet also mit dem Denken selbst, und hat gar keine als bloß denkbare Realität.[24] – Oder soll das Prinzip aller Philosophie ein Nicht-Ich sein, so muß man eben damit auf alle Philosophie Verzicht tun. Denn Nicht-Ich selbst ist ursprünglich gar nicht als nur im Gegensatz gegen das Ich bestimmbar, und hat keine Realität, wenn das absolute Ich keine Realität hat.

Anmerkung 3. Es ist auffallend, daß die meisten Sprachen den Vorteil haben, das absolute Sein von jedem bedingten Existieren unterscheiden zu können. Ein solcher Unterschied, der durch alle ursprünglichen Sprachen hindurchgeht, weist auf einen ursprüng-

---

[24] Dadurch fällt der Satz des Bewußtseins als Prinzip der Philosophie von selbst. Denn es zeigt sich, daß durch ihn weder Objekt noch Subjekt anders als bloß logisch bestimmt sind, daß er also wenigstens, solange er höchstes Prinzip sein soll, gar keine reale Bedeutung hat. Kein Philosoph hat auf diesen Mangel an Realität im Satz des Bewußtseins stärker hingedrungen, als Salomo Maimon.

lich vorhandenen Grund zurück, der schon bei der ersten Bildung der Sprache, ohne daß man es sich bewußt war, denselben bestimmte. Aber ebenso auffallend ist es, daß der größte Teil der Philosophen diesen Vorteil, den ihnen ihre Sprache anbot, noch nicht benutzten. Fast alle gebrauchen die Worte: Sein, Dasein, Existenz, Wirklichkeit, beinahe ganz gleichbedeutend. Offenbar aber drückt das Wort *Sein* das reine, absolute Gesetztsein aus, dagegen *Dasein* schon etymologisch ein bedingtes, eingeschränktes Gesetztsein bezeichnet. Und doch spricht man z.B. allgemein vom *Dasein Gottes*,[25] als ob Gott wirklich dasein, d.h. bedingt und empirisch gesetzt sein könnte. (Das wollen übrigens die meisten Menschen, und, wie es scheint, selbst Philosophen aller Zeiten und Parteien). Wer vom absoluten Ich sagen kann: *es ist wirklich*, weiß nichts von ihm.[26] *Sein* drückt das *absolute*, *Dasein* aber *überhaupt* ein *bedingtes*, *Wirklichkeit* ein auf *bestimmte Art*, durch eine *bestimmte* Bedingung, bedingtes Gesetztsein aus. Die *einzelne Erscheinung* im ganzen Zusammenhang der Welt hat *Wirklichkeit*, die *Welt* der Erscheinungen *überhaupt Dasein*, das Absolutgesetzte aber, das Ich, ist. Ich bin! ist alles, was das Ich von sich aussagen kann.

Man dachte wohl sonst, das reine Sein komme den *Dingen an sich* zu. – Ich glaube aber, daß das, was Kant von Dingen an sich sagt, sich schlechterdings nicht anders denn nur aus seinem durchgängig beobachteten *Herablassungssystem* erklären läßt. Denn die Idee von

---

[25] In der theoretischen Philosophie soll Gott als Nicht-Ich realisiert werden, hier ist also jener Ausdruck an seiner Stelle. Dagegen er in der praktischen Philosophie anders nicht denn nur polemisch gegen diejenigen, die Gott zum Objekt machen wollen, gebraucht werden kann.

[26] Auch das Streben des moralischen Ichs kann nicht als Streben nach Wirklichkeit vorgestellt werden, deswegen, weil es strebt, alle Realität in sich zu setzen. Vielmehr strebt es, umgekehrt alle Wirklichkeit zum reinen Sein, und sich selbst, da es, durchs Nicht-Ich bedingt, in die Sphäre des Daseins herabfällt, wieder aus dieser zu erheben. Aber das reine Sein kann als Objekt des Strebens eines moralischen Subjektes, d.h. eines bedingten Ichs, nur schematisch, d.h. als Dasein in aller Zeit, dargestellt werden. Darin liegt eben die unendliche Aufgabe der praktischen Vernunft, absolutes Sein und empirisches Dasein in uns identisch zu machen. Weil empirisches Dasein in alle Ewigkeit nicht zu absolutem Sein erhoben, dieses aber niemals im Gebiete der Wirklichkeit, als wirklich uns, dargestellt werden kann, fordert die Vernunft unendliches Dasein für das empirische Ich; denn das absolute hat Ewigkeit in sich selbst, und kann durch den Begriff von Dauer, selbst unendlicher Dauer, niemals erreicht werden.

Ding an sich muß nach den kantischen Deduktionen selbst eine widersprechende Idee sein. Denn Ding an sich heißt nichts mehr und nichts weniger, als ein Ding, das kein Ding ist. Wo sinnliche Anschauung ist, da ist Nicht-Ich, und wo Nicht-Ich ist, sinnliche Anschauung. *Intellektual* wird gar kein Nicht-Ich, sondern bloßes Ich angeschaut. Man kann also z.B. nicht sagen, Gott schaue die Dinge an sich an. Freilich schaut Gott keine Erscheinungen, aber ebensowenig Dinge an sich, sondern gar kein Ding, bloß *sich selbst, und alle Realität als sich gleich gesetzt*, an (woraus erhellt) daß Gott Etwas ist, das wir nur ins Unendliche fort zu realisieren *streben* können). Ist Gott (nach Spinoza) als Objekt, aber unter der Form der Unendlichkeit bestimmbar, so müssen alle Objekte in ihm enthalten sein, und der Spinozismus ist nur dadurch widerlegbar, daß Gott als mit dem absoluten Ich (das alles Objekt *ausschließt*) identisch vorgestellt wird. Freilich hat Kant seinem Akkommodationssystem zufolge von den Formen der sinnlichen Anschauung als bloßen Formen der *menschlichen* Anschauung gesprochen; allein die Formen der sinnlichen Anschauung und der Synthesis des Mannigfaltigen derselben sind Formen der *Endlichkeit* überhaupt, d.h. sie müssen aus dem bloßen *Begriff des durch ein Nicht-Ich bedingten Ichs überhaupt* deduziert werden, woraus folgt, daß, wo Objekt ist, auch sinnliche Anschauung sein muß, und also Nicht-Ich außerhalb aller sinnlichen Anschauung (Ding an sich) sich selbst aufhebt, d.h. gar kein Ding, bloßes Nicht-Ich, also schlechthin nichts ist. – Man sagte wohl auch sonst, es sei Schuld der *Schwäche* der menschlichen Vernunft (ein Wort, womit man von jeher viel Mißbrauch getrieben hat), daß wir die *Dinge an sich* nicht erkennen; man könnte noch eher sagen, die Schwäche liege darin, daß wir *überhaupt* Objekte erkennen.

[Die Begriffe vom *Idealismus* und *Realismus* werden nun erst, nachdem der Begriff von Nicht-Ich im Gegensatz gegen das absolute Ich bestimmbar ist, ihre richtige Bedeutung erhalten. Man verwechselt beide in *empirischer* und *reiner* Bedeutung. *Reiner* Idealismus und Realismus hat gar nichts mit Bestimmung des Verhältnisses des *vorgestellten* Objekts zum *empirischen* Subjekt zu tun. Beide bekümmern sich nur *darum*, die Frage zu lösen: wie es möglich sei, daß dem Ich überhaupt etwas ursprünglich entgegengesetzt, d.h. daß es *überhaupt empirisch* sei. – Die Antwort darauf nun könnte beim *Idealisten* nur diese sein, daß das Ich *gar nicht empirisch* sei, in welchem Fall also die Nötigung desselben, sich etwas schlechthin entgegenzusetzen, mithin die Befugnis zur theoretischen Philosophie überhaupt geleugnet würde.[27] Dieser Idealismus ist aber nur als Idee (des letzten Endzwecks) in *praktischer* Absicht (als praktisches Regulativ) denkbar, denn als theoretischer Idealismus hebt er sich selbst auf. Mithin gibt es keinen reinen theoretischen Idealismus, und da der empirische *kein* Idealismus ist, *überhaupt* keinen Idealismus in der theoretischen Philosophie.

Der reine *Realismus* setzt das *Dasein* des Nicht-Ichs überhaupt, und dieses *entweder gleich dem reinen absoluten Ich*, wie man allenfalls den Idealismus Berkleys deuten könnte – (sich selbst aufhebender Realismus).

Oder unabhängig vom Ich überhaupt, wie bei *Leibniz* und *Berkley*, der sehr fälschlich unter die Idealisten gezählt wird (*transzendenter* Realismus).

Oder abhängig vom Ich, durch die Behauptung, daß überhaupt nichts existiere als was das Ich setze, und daß das Nicht-Ich nur unter Voraussetzung eines *absoluten*, noch durch kein Nicht-Ich bedingten, Ichs denkbar, also selbst nur durch das Ich *setzbar* sei. (Nämlich um 1. das Nicht-Ich überhaupt setzen zu können, muß das absolute Ich zuvor gesetzt sein, weil jenes nur im *Gegensatz* gegen dieses bestimmbar ist. Im ursprünglichen Setzen aber ist es eben deswegen bloßes *Entgegensetzen* mit absoluter Negation. Um es also 2. überhaupt *setzbar* zu machen und ihm Realität mitzuteilen, muß es ins absolute Ich, durch welches allein alles, was ist, setzbar ist, *gesetzt*, d.h. zur Realität erhoben werden. Realität aber kann es nur durch einen absoluten Inbegriff *aller* Realität erhalten – *immanenter kantischer* Realismus).[28]

---

[27] Transzendenter und immanenter Idealismus fallen zusammen, denn immanenter Idealismus könnte nichts als das Dasein der Objekte in den Vorstellungen leugnen, was der transzendente gleichfalls leugnen muß. Denn eben, weil er Idealismus ist, und keine objektive Welt zuläßt, müßte er auch die Gründe seiner Behauptung nur im Ich suchen, also im Grunde immanenter Idealismus sein.

[28] Durch diesen Realismus wird zugleich der Naturforschung ihr eigentümliches Gebiet bezeichnet, daß sie nämlich schlechterdings nicht darauf gehen kann, » in das Innere der Objekte einzudringen«, d.h. die Erscheinungen als ihrer Realität nach unabhängig vom Ich bestimmbar anzunehmen, sondern die gesamte Realität, die ihnen zukommt, bloß als Realität überhaupt, die keinen in den

Oder endlich zwar *ursprünglich unabhängig* vom Ich, aber in der *Vorstellung* nur *durch* und *für* das Ich vorhanden – (transzendent-immanenter [unbegreiflicher] Realismus vieler Kantianer, und namentlich *Reinholds*,[29] , der sich übrigens den Sektennamen Kantianer selbst verbeten hat).

Empirischer Idealismus ist entweder ohne Sinn, oder nur in bezug auf reinen transzendenten Realismus denkbar. So war *Leibniz* (auch *Descartes*), indem er das Dasein der äußern Gegenstände als *Körper* leugnete, dagegen aber das Dasein eines Nicht-Ichs überhaupt unabhängig vom Ich annahm, in Rücksicht auf jenes empirischer Idealist, in Rücksicht auf dieses reiner, objektiver Realist.

Transzendenter Realismus ist notwendig *empirischer* Idealismus und umgekehrt. Denn da der transzendente Realismus die Objekte überhaupt als Dinge an sich ansieht, kann er das Wandelbare und Bedingte an ihnen nur als Produkt des empirischen Ichs ansehen, und sie nur, insofern sie die Form der Identität und Unwandelbarkeit haben, als Dinge an sich betrachten. So mußte *Leibniz*, um die Identität und Unwandelbarkeit der Dinge an sich zu retten, zur prästabilierten Harmonie seine Zuflucht nehmen. Kurz zu sagen, muß der Dogmatismus (der das *Nicht-Ich* als das Absolute behauptet) die Dinge an sich unter denjenigen Formen vorstellen, die nach

---

Objekten selbst gegründeten Bestand hat, sondern nur in Beziehung (aufs Ich) denkbar ist, zu betrachten, also auch den Objekten keine von dieser geliehenen Realität unabhängige Realität zuzuschreiben, und sie selbst als außer derselben vorhanden vorauszusetzen, da sie vielmehr, wenn man von jener übergetragenen Realität abstrahiert, schlechterdings = o sind; weswegen auch ihre Gesetze schlechterdings nur in bezug auf ihre erscheinende Realität bestimmbar sind, und nicht vorausgesetzt werden kann, daß die Realität in der Erscheinung noch durch die Kausalität irgend einer ändern nicht in der Erscheinung enthaltenen Realität, durch ein noch außer der Erscheinung wirkliches Substrat des Objekts bestimmbar sei; vielmehr würde man, wenn man noch gleichsam hinter der erscheinenden (übergetragenen) Realität eine andere, dem Objekt ursprünglich zukommende suchen wollte, auf nichts als Negation stoßen.

[29] Anders kann ich mir wenigstens den Ausdruck nicht erklären: die Dinge an sich geben den Stoff zu den Vorstellungen. (Die Dinge an sich geben nichts als die Schranken der absoluten Realität in der Vorstellung). – Man sehe statt alles ändern den 29. Paragraph der Theorie des Vorstellungsvermögens, wiewohl dieser nach spätem Erklärungen des Verfassers eine philosophische – Exkursion sein soll!

dem Kritizismus dem *Ich* (als dem einigen Absoluten) eigentümlich sind, und erst von diesem (in der Synthesis) aufs Nicht-Ich übergetragen werden (identische Substantialität, reines Sein, Einheit usw.); dagegen er diejenigen Formen, welche das Objekt in der Synthesis vom ursprünglichen Nicht-Ich erhält (Wechsel, Vielheit, Bedingtheit, Negation usw.) als bloß der *Erscheinung* des Dings an sich zugehörig betrachten muß.[30] Deswegen die leibnizischen Monaden die Urform des Ichs (Einheit und Realität, identische Substantialität und reines Sein, als vorstellende Wesen) haben; dagegen alle diejenigen Formen, welche vom Nicht-Ich aufs Objekt übergehen (Negation, Vielheit, Akzidentalität, Kausalität in *passiver* Bedeutung, d.i.

---

[30] Das Nicht-Ich ist nur in der absoluten Entgegensetzung gegen das Ich bestimmbar, eben deswegen aber absolute Negation der Relation nach ist es in der ursprünglichen Entgegensetzung als absolute Bedingtheit bestimmt, denn es ist dem Absoluten entgegengesetzt, also dieses bedingt, zugleich aber schlechthin entgegengesetzt, d.h. unbedingt. Was dem Absoluten schlechthin entgegengesetzt ist, ist also notwendig zugleich bedingt und unbedingt, d.h. schlechthin = 0. Der Quantität nach ist es als absolute Vielheit bestimmt, absolute Vielheit aber ist ein Widerspruch, denn Vielheit ist bedingt durch Einheit. Der Modalität nach ist es als Sein, das dem absoluten Sein schlechthin entgegengesetzt ist, d.h. absolutes Nichtsein, der Qualität nach als Qualität, die der absoluten Realität schlechthin entgegengesetzt ist, d.h. absolute Negation bestimmt. Soll also das absolute Nicht-Ich Realität erhalten, so ist dies nur dadurch möglich, daß es dem Absoluten nicht schlechthin entgegen – d.h. in den absoluten Inbegriff aller Realität selbst gesetzt wird. Nun ist der Gang aller Synthesis dieser, daß, was in der Thesis und Antithesis schlechthin gesetzt ist, in ihr mit Einschränkung, d.h. bedingt, gesetzt werde. Also wird die absolute Einheit des Ichs in der Synthesis zu empirischer, d.h. nur in bezug auf Vielheit denkbarer Einheit (Kategorie der Einheit), die absolute Vielheit des Nicht-Ichs zur empirischen, nur in bezug auf Einheit denkbaren Vielheit (Kategorie der Vielheit), die absolute Realität des Ichs zur bedingten, nur in Bezug auf einschränkende Negation denkbaren Realität (Kategorie der Realität), die absolute Negation des Nicht-Ichs zur nur in bezug auf Realität denkbaren Negation (Kategorie der Negation), die absolute Unbedingtheit des Ichs zur empirischen, nur in bezug auf Bedingtheit denkbaren Unbedingtheit (Kategorie der Substanz), das absolute Sein des Ichs zu einem nur in bezug auf Nichtsein bestimmbaren Sein (Kategorie der Möglichkeit), das absolute Nichtsein des Nicht-Ichs zu einem nur in bezug auf Sein bestimmbaren Nichtsein (Kategorie des Daseins).

(Diese Anmerkung ist im zweiten Abdruck weggeblieben, vielleicht nur aus Versehen, da sie in der Originalausgabe auch nicht im Texte, sondern im Verzeichnis der Verbesserungen und Zusätze stand. A. d. O.)

Bedingtheit), als bloß in der *sinnlichen* Vorstellung desselben vorhanden empirisch-idealistisch erklärt werden mußten. – Im konsequenten Dogmatismus hat also der empirische Idealismus Sinn und Bedeutung, denn er ist notwendige Folge des transzendenten Realismus. Soll er aber als Erklärungsgrund des Nicht-Ichs überhaupt gedacht werden, so hebt er sich selbst auf. Denn es ist lächerlich, das Nicht-Ich seinem Dasein nach bloß als Produkt eines empirischen Vermögens, z.B. der Einbildungskraft, begreiflich machen zu wollen. Denn man will ja wissen, wie Nicht-Ich überhaupt, d.h. wie empirisches Vermögen überhaupt möglich werde].

Leibniz, oder besser noch, der konsequente *Dogmatismus*, sieht die Erscheinungen als ebenso viele Einschränkungen der unendlichen Realität des *Nicht-Ichs* an; nach dem *kritischen* System sind sie ebenso viele Einschränkungen der unendlichen Realität des Ichs. (*Erscheinungen* also sind vom Ich nicht der Art [Realität], sondern nur der *Quantität* nach verschieden. Leibniz hatte wohl recht) wenn er sagte, die *Erhaltung* der Welt der Erscheinungen sei derselbe Akt des absoluten Objekts, wie die Schöpfung. Denn die Welt der Erscheinungen entsteht und beharrt dem Dogmatismus zufolge bloß in der Einschränkung des absoluten Nicht-Ichs. – Schöpfung ist also nach dem kritischen System, das nur *immanente* Behauptungen zuläßt, nichts als Darstellung der unendlichen Realität des Ichs in den Schranken des Endlichen. Bestimmung derselben durch eine außer dem absoluten Ich wirkliche Kausalität – durch ein Unendliches außer dem Unendlichen – hieße das Ich *überfliegen*.) Bei Leibniz ist alles, was da ist, Nicht-Ich, selbst Gott, in dem alle Realität, aber außerhalb aller Negation vereinigt ist; nach dem kritischen System (das von einer Kritik der subjektiven Vermögen, d.h. vom Ich ausgeht) ist das Ich alles; es befaßt Eine unendliche Sphäre, in welcher sich endliche Sphären (durchs Nicht-Ich beschränkt) bilden, die gleichwohl nur in der unendlichen Sphäre und durch sie möglich sind, auch alle Realität nur von dieser und in dieser erhalten[31] (

---

[31] Der Ausdruck vieler Schwärmer: das Sinnliche sei im Übersinnlichen, das Natürliche im Übernatürlichen, das Irdische im Himmlischen befaßt, leidet also eine sehr vernünftige Deutung. Überhaupt enthalten ihre Ausdrücke sehr häufig einen Schatz geahneter und gefühlter Wahrheit. Sie sind, nach Leibnizens Vergleichung, die güldnen Gefäße der Ägypter, die der Philosoph zu heiligerem Gebrauche entwenden muß.

Theoretische Philosophie.) In jener unendlichen Sphäre ist alles intellektual, alles absolutes Sein, absolute Einheit, absolute Realität, in diesen alles Bedingtheit, Wirklichkeit, Einschränkung: durchbrechen wir diese Sphären (praktische Philosophie), so sind wir in der Sphäre des absoluten Seins, in der übersinnlichen Welt, wo alles *Ich* außer dem Ich nichts, und dieses Ich nur Eines ist.

*

... Ich wünschte mir *Platons* Sprache oder die seines Geistesverwandten, *Jacobis*, um das absolute, unwandelbare Sein von jeder bedingten, wandelbaren Existenz unterscheiden zu können. Aber ich sehe, daß diese Männer selbst, wenn sie vom Unwandelbaren, Übersinnlichen sprechen wollten, mit ihrer Sprache kämpften – und ich denke, daß jenes Absolute in uns durch kein bloßes Wort einer menschlichen Sprache gefesselt wird, und daß nur selbsterrungenes Anschauen des Intellektualen in uns dem Stückwerk unsrer Sprache zu Hilfe kommt.

Selbsterrungenes Anschauen. Denn das Unbedingte in uns ist getrübt durch das Bedingte, das Unwandelbare durch das Wandelbare, und – wie, wenn du hoffst, daß das Bedingte dir selbst wieder das Unbedingte, die Form der Wandelbarkeit und des Wechsels die Urform deines Seins, die Form der Ewigkeit und der Unwandelbarkeit, darstellen werde? –

Weil du mit deiner Erkenntnis an Objekte gebunden bist, weil deine intellektuale Anschauung getrübt und dein Dasein selbst für dich in der Zeit bestimmt ist, wird selbst das, wodurch du allein zum Dasein gekommen bist, in dem du lebst und webst, denkst und erkennst, am *Ende* deines Willens nur ein Objekt des *Glaubens* für dich – gleichsam ein von dir selbst verschiedenes Etwas, das du ins Unendliche fort in dir selbst als endlichem Wesen darzustellen strebst, und doch niemals als wirklich in dir findest – der Anfang und das Ende deines Wissens dasselbe – dort Anschauung, hier Glaube!

§ 16.

Das Ich setzt sich selbst schlechthin und alle Realität in *sich*. Es setzt alles als reine Identität, d.h. alles *gleich mit sich selbst*. Die *materiale Urform* des Ichs ist demnach die Einheit seines Setzens, insofern es alles *sich gleich* setzt. Das absolute Ich geht niemals aus sich selbst heraus.

Durch diese *materiale* Urform aber ist notwendig zugleich eine *formale* Form des Setzens im Ich überhaupt bestimmt. Das Ich nämlich ist als Substrat der Setzbarkeit aller Realität überhaupt bestimmt. Denn, wenn das Ich *materialer Inbegriff* aller Realität ist (§ 8), so ist es zugleich auch *formale* Bedingung des Setzens überhaupt, und so erhalte ich eine bloße Form der Setzbarkeit im Ich überhaupt, die aber durch jene materiale Urform der Identität des Ichs (mittelst welcher es alle Realität sich selbst gleich, d.h. in sich selbst setzt) notwendig bestimmt ist. Setzte nämlich das Ich nicht ursprünglich alles *seiner* Realität gleich, d.h. identisch mit sich, sich selbst aber als die reinste Identität, so könnte im Ich schlechterdings nichts identisch gesetzt werden, und es wäre möglich, daß A = nicht A gesetzt würde. Das Ich sei *was* es wolle (es ist aber nichts, wenn es nicht sich selbst absolut gleich ist, weil es nur *durch sich selbst* gesetzt ist), so ist, wenn es nur überhaupt identisch mit sich selbst gesetzt ist, der allgemeine Ausdruck des Setzens in ihm: A = A. Ist das Ich als identisch mit sich selbst gesetzt, so ist, abgesehen von allem dem, *was* das Ich ist, alles, was im Ich gesetzt ist, nicht als verschieden von sich selbst, so wie es gesetzt ist, sondern als in demselben Ich gesetzt bestimmt. Durch die reine Identität des Ichs, oder, da das Ich nur durch seine Identität ist, durch das Sein des Ichs überhaupt, wird also ein Setzen im Ich überhaupt möglich. Wäre das Ich nicht mit sich selbst gleich, so wäre alles, was im Ich gesetzt ist, zugleich gesetzt und nicht gesetzt, d.h. es wäre gar nichts gesetzt, es gäbe keine Form des Setzens.

Allein, da das Ich alles, was es setzt, seiner Realität gleichsetzt, so wird, insofern die Form des Setzens im Ich bloß durch das Ich bestimmt ist, das Gesetzte nur *in der Qualität* seines Gesetztseins im Ich, d.h. nicht als etwas dem Ich *Entgegengesetztes* betrachtet; das Ich bestimmt durch seine Urform der Identität nichts als Realität überhaupt, und schlechterdings kein *Objekt* als solches, insofern es dem Ich entgegengesetzt ist. Der Satz Ich = Ich ist also die Grundlage *alles* Setzens. Denn das Ich selbst heißt nur insofern gesetzt, als es nur für sich selbst und durch sich selbst gesetzt ist; alles andere aber, was gesetzt ist, ist es nur insofern, als das Ich zuvor gesetzt ist; was aber gesetzt ist, ist schlechthin gesetzt, nur insofern es dein schlechthin-gesetzten Ich gleich gesetzt, und also, da das Ich nur sich selbst gleich gesetzt sein kann, mit sich selbst identisch ist. A = A ist insofern die *allgemeine Formel* des schlechthin-Setzens, weil dadurch nichts ausgesagt wird, als das, was gesetzt ist, gesetzt sei.

Nun kann ich ins Ich setzen nach freier Willkür, ich kann nur das nicht setzen, was ich nicht setze. Ich setze also A, und, da ich es ins Ich setze, gleich irgend einer Realität = B, aber notwendig als etwas sich selbst Gleiches, d.h. entweder als B oder als − B = C. Würde es als B und als − B = C gesetzt, so wäre das Ich selbst aufgehoben. Insofern geht der Satz A = A als *allgemeine Formel* (des sich selbst gleich-Setzens) allen ändern formalen Grundsätzen voraus; insofern er ein *besonderer* Satz − (von besonderem) − ist, steht er unter der allgemeinen Gattung der schlechthin gesetzten, durch ihn, insofern er bloße Formel ist, bedingten Sätze.

Alle unbedingt-gesetze, alle, deren Setzen bloß durch die Identität des Ichs bedingt ist, können *analytische* heißen, weil ihr Gesetztsein aus ihnen selbst entwickelt werden kann, besser noch, *thetische* Sätze. Thetische Sätze sind alle, die bloß durch ihr Gesetztsein im Ich bedingt, d.h. da alles ins Ich gesetzt wird, die *unbedingt gesetzt* sind. (Ich sage, *gesetzt* sind. Denn nur das bloße *Gesetztsein* gehört zur formalen Form.)

Eine einzelne Art thetischer Sätze sind *identische* Sätze, dergleichen A = A als besonderer Satz betrachtet ist (d.h. solche, in denen Subjekt und Prädikat dasselbe sind, deren Subjekt nur sich selbst zum Prädikat hat. So ist das Ich nur Ich, Gott nur Gott, alles aber, was in der Sphäre der Existenz liegt, hat Prädikate, die außer seinem Wesen liegen). Daß sie thetische Sätze sind, gehört zur *formalen* Form, daß sie *identische* sind, zur *materialen*. Identische Sätze sind notwendig thetische, weil in ihnen A schlechthin als solches, und, *weil* es A ist, gesetzt wird. Aber thetische Sätze sind nicht notwendig identische, denn thetische Sätze sind alle, deren Gesetztsein nicht durch ein anderes Gesetztsein bedingt ist. So kann A = B ein thetischer, obwohl kein identischer Satz sein, wenn nämlich durch das *bloße* Setzen von A, B, aber nicht umgekehrt durch das bloße Setzen von B, A gesetzt ist.

Die Form der thetischen Sätze ist bloß bedingt durch die reine Identität des Ichs. Da sie also überall nur die materiale, durchs Ich bestimmte Form der Unbedingtheit *formal* ausdrücken, so muß auch die formale Form derselben durchaus parallel sein der materialen Form des Ichs.

Das Ich ist bloß dadurch, daß es ist, d.h. daß es sich selbst gleich ist, also durch die bloße *Einheit seiner Anschauung*. Nun sind die thetischen Sätze bloß bedingt durch ihr *Gesetztsein im Ich*. Das Ich aber ist bloß durch Einheit seiner Anschauung. Mithin muß das im thetischen Satze Gesetzte bloß bedingt sein durch *die im Ich bestimmte Einheit seiner Anschauung*. (Wenn ich urteile, A = B, so urteile ich nicht von A, insofern es durch irgend etwas außer sich, sondern insofern es bloß durch sich selbst, durch Einheit seines Gesetztseins im Ich, nicht als bestimmtes *Objekt*, sondern als Realität überhaupt, als im Ich überhaupt setzbar bestimmt ist. Ich urteile also nicht, dieses oder jenes A in diesem oder jenem bestimmten Punkt des Raums oder der Zeit, sondern A, *als* solches, ist, insofern es A ist, durch eben die Bestimmung, durch die es A, d.h. sich selbst gleich ist, = B. – Alle *numerische* Bestimmung von A ist also eben dadurch ausgeschlossen, sei es nun numerische Bestimmung der Einheit oder der Vielheit. Numerische Einheit kann zwar im thetischen Satze vorkommen, aber nicht als zur Form desselben gehörig. So kann man z.B. urteilen: der Körper A ist ausgedehnt. Soll dieser Satz ein thetischer sein, so muß der Körper A bloß in der Einheit seines Gesetztseins im Ich, nicht als *bestimmtes Objekt*, in bestimmtem Raum, gedacht werden; oder vielmehr, *insofern* der Satz *thetisch* ist, wird A wirklich bloß in der Einheit seines Gesetztseins gedacht. Das, was ihn zum thetischen Satz macht, ist nicht der bestimmte Körper A, sondern das *Denken* desselben in seiner Einheit. – Das A im thetischen Satze überhaupt ist seinem *bloßen* Gesetztsein nach, also weder als Gattung, noch als Art, noch als Individuum bestimmt. Vielheit ist gesetzt, weil eins *mehrmals*, also nicht weil es *schlechthin* gesetzt ist.[)] Der Satz also, der eine Vielheit aussagt, ist nicht nur seinem Inhalt, sondern auch der bloßen *Form seines Ge-*

setztseins nach ein *antithetischer* Satz. Nur dadurch, daß dem Ich ursprünglich etwas entgegengesetzt, daß das Ich selbst als Vielheit (in Zeit) gesetzt wird, ist es möglich, daß das Ich über die Einheit des bloßen Gesetztseins in ihm hinausgehe, und z.B. dasselbe Gesetzte mehrmals setze, oder zwei Begriffe, die nichts miteinander gemein haben, die unter keiner Einheit denkbar sind, z.B. *Körper* und *Schwere* zugleich setze.

Allgemeinheit ist empirische, d.h. durch Vielheit hervorgebrachte Einheit, also Form einer *Synthesis*. Allgemeine Sätze sind also weder thetische, noch antithetische, sondern *synthetische* Sätze.

Das Ich ist bloß dadurch, daß es alle *Realität* setzt. Sollen also thetische Sätze (d.h. solche, die durch ihr bloßes Setzen im Ich bestimmt sind) möglich sein, so müssen sie schlechthin etwas *setzen* (bejahen). Sowie sie verneinen, ist ihr Setzen nicht durchs bloße Ich, denn das enthält keine Verneinung, sondern durch etwas *außer* demselben (ihm Entgegengesetztes) bedingt. (Der bejahende Satz setzt überhaupt etwas in eine Sphäre der Realität – der thetisch-bejahende Satz nur in die Sphäre der Realität *überhaupt*. Der verneinende Satz setzt nur überhaupt nicht in eine *bestimmte* Sphäre; allein da er das, was er in der einen Sphäre wegnimmt, in keine andere setzt, so nimmt er es aus der Sphäre der Realität überhaupt weg. – Das thetisch-verneinende [sonst unendliche] Urteil nimmt A nicht mir aus einer bestimmten Sphäre weg, sondern setzt es zugleich in eine andere, jener entgegengesetzte. So z.B. der Satz: Gott ist nicht wirklich, nimmt Gott aus der Sphäre der Wirklichkeit, ohne ihn in eine andere zu setzen; der Satz aber: Gott ist nicht – wirklich, setzt ihn zugleich in eine andere, der Sphäre der Wirklichkeit widersprechende Sphäre. Es kommt aber, um ein thetisch-verneinendes Urteil hervorzubringen, nicht nur darauf an, daß man die Negation mit dem Prädikat willkürlich verbindet, sondern darauf, daß das Subjekt schon durch sein *bloßes* Setzen im Ich in eine dem Prädikat entgegengesetzte Sphäre gesetzt werde. So kann ich z.B. den verneinenden Satz: ein Zirkel ist nicht viereckig, in kein thetisch-verneinendes Urteil verwandeln; denn das Subjekt Zirkel ist nicht schon durch sein bloßes Gesetztsein in eine der Sphäre des Viereckigen schlechthin entgegengesetzte Sphäre gesetzt; der Zirkel könnte eben auch fünf- oder vieleckig sein. Dagegen ist der Satz: ein Zirkel ist nicht süß, notwendig ein unendliches Urteil; denn das

Subjekt Zirkel ist schon durch sein bloßes Gesetztsein außer der Sphäre des Süßen, also in eine jener Sphäre geradezu entgegengesetzte Sphäre gesetzt. Deswegen auch im thetisch-verneinenden Urteil die Negation nicht bei der Kopula, sondern beim Prädikat steht, d.h. das Subjekt wird nicht nur aus der Sphäre des Prädikats hinweggenommen, sondern in eine ganz andere, jener entgegengesetzten Sphäre von Prädikat *gesetzt*. – Maimon war, soviel ich weiß, bis jetzt derjenige, der am bestimmtesten auf *diese* Unterscheidung des unendlichen Urteils vom bejahenden und verneinenden gedrungen hat.)

Das Ich ist *bloß durch sich selbst*. Seine Urform ist die des reinen Seins. Soll etwas im Ich gesetzt werden, bloß weil es gesetzt ist, so muß es durch nichts außer dem Ich bedingt sein; denn es ist bloß durch sein Gesetztsein im Ich bedingt, und das Ich enthält nichts außer der Sphäre seines Wesens Liegendes. Thetische Sätze setzen also ein Sein, das bloß durch sich selbst bedingt ist (keine Möglichkeit, Wirklichkeit, Notwendigkeit, sondern bloßes Sein).

Die Bestimmung der Formen der Modalität ist bisher noch nicht ganz ins Reine gebracht. Die Urformen des Seins und des Nicht-Seins liegen zwar allen ändern Formen zugrunde. Denn in ihnen ist Thesis und Antithesis (der Widerspruch zwischen Ich und Nicht-Ich) ganz allgemein und bloß *formal* enthalten: sie müssen also, wenn dieser Widerspruch durch *Synthesis* vermittelt wird, diese Synthesis ebenfalls ganz allgemein, und bloß *formal*, ausdrücken. *Eben deswegen* aber gehört *materiale* (objektive) Möglichkeit, Wirklichkeit, Notwendigkeit, gar nicht zu jenen ursprünglichen, aller Synthesis vorhergehenden Formen; denn sie drücken das, was jene bloß *formal* ausdrücken, *material*, d.i. in bezug auf *schon vollbrachte* Synthesis, aus. Also sind sie, da Kategorien eigentlich diejenigen Formen sind, durch welche die Synthesis des Ichs und Nicht-Ichs bestimmt wird, *keine* Kategorien, sondern sie enthalten alle zusammen die *Syllepsis, aller* Kategorien. Denn da sie selbst das bloße Setzen ausdrücken, durch die Kategorien aber (der Relation, der Quantität und der Qualität) die Setzbarkeit des Nicht-Ichs im Ich vermittelt ist, so können sie nicht mehr selbst *Bedingungen* dieser Setzbarkeit, sondern nur *Resultat* der Synthesis, oder *sylleptische Begriffe* aller Synthesis sein.

Reines Sein nämlich ist ursprünglich nur im Ich, und es kann nichts unter dieser Form gesetzt werden, als was dem Ich gleich gesetzt ist; weswegen auch einzig und allein in thetischen Sätzen *reines* Sein ausgedrückt wird, weil nämlich in diesen das Gesetzte gar nicht als etwas dem Ich Entgegengesetztes, als *Objekt*, sondern nur als Realität des Ichs überhaupt bestimmt ist.

Die eigentliche Formel für thetische Sätze ist diese: A *ist* – d.h. es hat eine eigne identische Sphäre des Seins, in die nun alles gesetzt werden kann, was bloß durch das Sein von A, durch sein Gesetztsein im Ich bedingt ist. Dagegen muß es ebenso eine allgemeine Formel für die Antithesis geben, die, weil A das Sein überhaupt ausdrückt, diese sein muß; A > – A. Dadurch nämlich wird, da A im Ich gesetzt ist, – A notwendig *außer* dem Ich, unabhängig vom Ich, unter der Form des Nichtseins gesetzt. Wie nun die erstere Formel eine ursprüngliche Thesis möglich macht, so macht diese eine ursprüngliche Antithesis möglich.

Nun ist aber eben diese ursprüngliche Thesis und Antithesis das Problem der *gesamten* Synthesis der Philosophie[32] und so, wie die reinen Formen der Modalität die Form der Thesis und Antithesis ursprünglich und allgemein ausdrücken, müssen sie auch die Form möglicher Synthesis ursprünglich und vor aller Synthesis enthalten. Diese Form ist *Bestimmung des Nichtseins durch das Sein*, und diese liegt als ursprüngliche Form der Bestimmung aller möglichen Synthesis zugrunde.

Reines Sein ist nämlich nur im Ich denkbar. Das Ich ist schlechthin gesetzt. Das Nicht-Ich aber ist entgegengesetzt dem Ich, mithin ist es seiner Urform nach *reine Unmöglichkeit*, d.h. schlechterdings nicht im Ich setzbar. Nun soll es aber doch im Ich gesetzt werden, und dieses Setzen des Nicht-Ichs im Ich vermittelt nun die *Synthesis dadurch*, daß sie die Form des Nicht-Ichs selbst mit der Form des

---

[32] Unter den Kategorien jeder einzelnen Form ist jedesmal die erste Ausdruck der Urform des Ichs, die zweite Ausdruck der Urform des Nicht-Ichs, die dritte endlich die Synthesis, in welcher die beiden ersten vereinigt werden, und nun erst Sinn und Bedeutung in bezug aufs Objekt erhalten. Beiläufig zu sagen bezieht sich die Form der Qualität auf die der Modalität, die Form der Quantität auf die der Relation, also sind die mathematischen Kategorien durch die dynamischen, nicht umgekehrt, bestimmt

Ichs zu identifizieren, d.h. das Nicht-Sein des Nicht-Ichs durch das Sein des Ichs zu bestimmen strebt.

Da nun *reines Sein Urform* aller Setzbarkeit im Ich ist, die Setzbarkeit des Nicht-Ichs im Ich aber nur durch Synthesis vermittelt wird, so ist die Form des reinen Seins, insofern sie dem Nicht-Ich zukommen soll, nur als *Angemessenheit zur Synthesis überhaupt* denkbar (nach kantischer Sprache: *objektive Möglichkeit*, d.i. Möglichkeit [Setzbarkeit im Ich], die einem *Objekt*, als solchem, zukommt, ist nur in der Angemessenheit zur Synthesis enthalten). Das Nicht-Ich nämlich ist ursprünglich für das Ich logisch unmöglich; denn für das Ich gibt es keine als thetische Sätze, das Nicht-Ich aber kann nie Inhalt eines thetischen Satzes werden, sondern widerspricht der Form des Ichs geradezu. Nur insofern das Nichtsein des Nicht-Ichs durch das Sein des Ichs bestimmt, d.h. insofern eine *Synthesis* des Seins und Nicht-Seins vorgenommen wird, wird das Nicht-Ich setzbar im Ich, also kann seine Möglichkeit nur als Angemessenheit zur Synthesis überhaupt vorgestellt werden: mithin wird die logische Möglichkeit des Nicht-Ichs durch die objektive, die formale durch die materiale bedingt.

Problematische Sätze sind daher solche, deren logische Möglichkeit durch die objektive bedingt ist, stehen aber in der Logik selbst nur unter der reinen, aller Synthesis vorangehenden Form des Seins, und können unmöglich selbst als besondere Gattung aufgestellt werden. Denn da sie bloß eine Aussage der durch objektive Möglichkeit vermittelten *logischen* Möglichkeit sind, logische Möglichkeit aber überall dieselbe ist, so gehören sie nur in Rücksicht auf *das, wodurch sie problematische* Sätze sind, zur Logik. – Ich will die objektive Möglichkeit, insofern sie die logische vermittelt (Schema der logischen ist), *objektiv-logische* Möglichkeit, Sätze, die bloß *reines Sein, reine* Möglichkeit[33] ausdrücken, *Essentialsätze*, solche aber, die

---

[33] Man sollte das Wort logische, reine Möglichkeit untergehen lassen: der Ausdruck veranlaßt notwendig Mißverständnis. Es gibt eigentlich nur reale, objektive Möglichkeit; die sogenannte logische Möglichkeit ist nichts als reines Sein, sowie es in der Form des thetischen Satzes ausgedrückt ist. Wenn man z.B. sagt, der Satz: Ich ist Ich, habe die Form reiner Möglichkeit, so ist dies leicht mißzuverstehen, nicht so, wenn man sagt: seine Form sei die des reinen Seins (im Gegensatz gegen Dasein, oder gegen logische Möglichkeit, die nur durch objektive Möglichkeit bedingt ist).

eine *objektiv*-logische Möglichkeit ausdrücken, *problematische* nennen. Die problematischen Sätze kommen also in der Logik nur insofern vor, als sie zugleich Essentialsätze sind.

Existentialsätze sind durch die ursprüngliche Entgegensetzung des Nicht-Ichs bestimmt, bekommen aber nur erst durch die Synthesis Möglichkeit. Sie sind also bedingt durch objektiv-logische Möglichkeit, obgleich sie nicht bloße Möglichkeit aussagen. Durch objektiv-logische Möglichkeit nämlich wird das Nicht-Ich nur in Synthesis *überhaupt* gesetzt, ein Existentialsatz aber setzt es in *bestimmte* Synthesis. Nun soll aber das Nichtich, als zur Form des Ichs erhoben, nur durch das Schema des *reinen Seins*, durch seine bloße Möglichkeit, d.h. durch Synthesis *überhaupt*, gesetzt sein, so wie das Ich durch Thesis überhaupt gesetzt ist (denn wo Thesis ist, da ist Ich, und wo Ich ist, da ist Thesis). Allein die Urform des Objekts ist Bedingtheit. Mittelst dieser, insofern sie durch das Schema der Zeit darstellbar ist, bekommen die Objekte nur dadurch *Dasein*, daß sie einander wechselseitig ihre *Stelle* in der Zeit *bestimmen*; ihr Dasein überhaupt ist nur bestimmt durch ihre *Wirklichkeit*, d.h. durch ihr Dasein in einer *bestimmten* Synthesis. Mithin muß hier eine neue Synthesis eintreten, die, so wie Sein und Nichtsein ursprünglich nur dadurch vermittelt werden konnten, daß das Nicht-Sein durch das Sein bestimmt wurde, nun hinwiederum objektive Möglichkeit (das Resultat jener Synthesis) mit Wirklichkeit nur dadurch vermittelt, daß sie diese durch jene bestimmt. Nun ist objektiv-logische Möglichkeit Gesetztsein in der Synthesis *überhaupt*, Wirklichkeit Gesetztsein in *bestimmter* Synthesis: also muß das Nicht-Ich nur insofern in bestimmter Synthesis gesetzt sein, als es zugleich in Synthesis überhaupt gesetzt ist, d.h. es muß in *aller* Synthesis gesetzt sein, denn *alle* Synthesis ist gleich der Synthesis überhaupt sowohl als der bestimmten Synthesis.

*

Ich glaube, daß der ganze Fortgang dieser Synthesis, in einer Tafel vorgestellt, dem Leser deutlicher wird.

Hier ist eine

> Tafel aller Formen der Modalität

I.

1. Thesis.

Absolutes *Sein*, bloß in und durch das *Ich* ursprünglich bestimmte *absolute Setzbarkeit*.

2. Antithesis.

Absolutes *Nicht-Sein*, absolute Unabhängigkeit vom Ich, und nur im Gegensatz gegen dasselbe bestimmbare, *absolute Nichtsetzbarkeit*.

3. Synthesis.

Bedingte, durch *Aufnahme* ins Ich bestimmbare Setzbarkeit, d.h. *Möglichkeit* des Nicht-Ichs.[34] (Diese Möglichkeit heißt, weil das Nicht-Ich nur durch Aufnahme ins Ich *Objekt* wird, objektivlogische Möglichkeit, und weil jene Aufnahme ins Ich nur durch vorangegangene Synthesis [mittelst der Kategorien] möglich wird, Angemessenheit zur *Synthesis* [den Kategorien] *überhaupt, Dasein* in der Zeit überhaupt.)

---

[34] Das Nicht-Ich ist in der ursprünglichen Entgegensetzung (Antithesis) absolute Unmöglichkeit, nun erhält es in der Synthesis zwar Möglichkeit, aber nur unbedingte, also tauscht es bedingte Möglichkeit gegen unbedingte Unmöglichkeit ein. »Entweder keine Möglichkeit, dafür aber Unbedingtheit, oder keine Unbedingtheit, dafür aber Möglichkeit! – Sollte das Nicht-Ich das Unbedingte im menschlichen Wissen sein, so könnte es dieses nur in der ursprünglichen Entgegensetzung, d.h. insofern es schlechthin Nichts ist, sein.« (Zusatz in der ersten Aufl.)

II.

1. Thesis.

Bedingtsein durch die Synthesis *überhaupt*, d.h. durch die objektive Aufnahme ins Ich. *Objektiv-logische Möglichkeit, Dasein in der Zeit überhaupt.*

2. Antithesis.

Objektives, nicht *bloß* durchs Ich bestimmtes Bedingtsein, Dasein in *bestimmter* Synthesis (Zeit), d.h. *Wirklichkeit*.

3. Synthesis.

Bedingtsein des (durchs *Objekt* bestimmten) Gesetztseins in *bestimmter* Synthesis durch das (durchs *Ich* bestimmte) Gesetztsein in der Synthesis *überhaupt, Dasein*[35] in *aller* Synthesis. Bestimmung der Wirklichkeit durch die objektiv-logische Möglichkeit – *Notwendigkeit*. (Mithin geht der ganze Progressus der Synthesis 1. von Sein und Nicht-Sein zu Möglichkeit, 2. von Möglichkeit und Wirklichkeit zu Notwendigkeit.)

[Da *Zeit* Bedingung aller Synthesis ist, und eben deswegen von der transzendentalen Einbildungskraft durch und in der Synthesis hervorgebracht wird, so kann man das Ganze auch so darstellen. Das *Schema des reinen (außerhalb aller Zeit* gesetzten) Seins ist Dasein in Zeit *überhaupt* (d.i. in der Handlung der Synthesis *überhaupt*). Objektive Möglichkeit ist also Gesetztsein in der Zeit *überhaupt*. Da das Dasein in der Zeit wechselt, so ist das Objekt, obgleich in der Zeit überhaupt gesetzt, doch zugleich setzbar und nicht setzbar. Um ein Objekt zu *setzen*, muß ich es in *bestimmte* Zeit setzen, was nur dadurch möglich wird, daß ein andres ihm seine Stelle in der Zeit bestimmt, und sich die seine wieder von ihm bestimmen läßt. Nun

---

[35] Dasein ist die gemeinschaftliche Form, unter welcher Möglichkeit, Wirklichkeit und Notwendigkeit stehen. Der Unterschied bei diesen ist nur die Zeitbestimmung selbst, nicht das Setzen oder Nichtsetzen in Zeit überhaupt. Dasein überhaupt ist also Resultat der ersten Synthesis. In der zweiten wird es in der Thesis als Möglichkeit, in der Antithesis als Wirklichkeit, in der Synthesis als Notwendigkeit bestimmt.

soll aber das Nicht-Ich bloß durch seine *Möglichkeit*, bloß durch das Schema des reinen Seins, gesetzt werden.

Diesem Setzen durch bloße Möglichkeit aber widerstrebt das Schema seiner eigenen Form, mittelst dessen es nur als in *bestimmter Zeit* gesetzt gedacht werden kann. Nun ist, so wie Zeit *überhaupt* Schema der gänzlichen *Zeitlosigkeit* ist, alle Zeit (d.h. die wirkliche ins unendliche fortgehende Synthesis) hinwiederum Darstellung (Bild)[36] der Zeit überhaupt (d.i. der Handlung der Synthesis überhaupt), wodurch Dasein in der Zeit *überhaupt* mit Dasein in *bestimmter* Zeit vermittelt wird. *Alle* Zeit also ist nichts als Bild der Zeit überhaupt, und zugleich *bestimmte* Zeit, weil *alle* Zeit so gut bestimmt ist, als ein einzelner Zeitteil. Insofern nun das Nicht-Ich in *bestimmte* Zeit gesetzt ist, erhält es seine *ursprüngliche* Form (des Wechsels, der Vielheit, der Negabilität), insofern es in Zeit überhaupt gesetzt ist, drückt es die schematische Urform des Ichs aus, Substantialität, Einheit, Realität. Aber es ist in bestimmte Zeit nur insofern gesetzt, als es zugleich in Zeit überhaupt gesetzt ist) und umgekehrt. Seine Substantialität ist nur in bezug auf Wechsel, seine Einheit nur in bezug auf Vielheit, seine Realität nur in bezug auf Negation (d.h. mit Negation – aber ins *Unendliche*) denkbare.] Das Resultat dieser Deduktionen ist, daß nur die Formen des Seins, des Nichtseins und des durch Sein bestimmten Nicht-Seins, insofern sie vor aller Synthesis vorhergehen, aller Synthesis zugrunde liegen und die Urform enthalten, nach der sie allein entworfen werden kann, in die Logik gehören können, daß aber die erst durch schon geschehene Synthesis möglich gewordenen schematisierten Formen der Möglichkeit, der Wirklichkeit und der Notwendigkeit nur insofern in die Logik gehören, als sie selbst durch jene ursprünglichen Formen bestimmt sind. So gehören z.B. problematische Sätze nicht *insofern* in die Logik, als sie objektive Möglichkeit, sondern nur insofern als sie objektiv- *logische* Möglichkeit ausdrücken, nicht *insofern* als sie ein *Gesetztsein in der Synthesis* überhaupt ausdrücken, sondern nur insofern, als durch diese Synthesis ihre *logische Denkbarkeit* überhaupt vermittelt worden ist. Kurz, die drei Formen der

---

[36] Das, was ein Schema mit seinem Gegenstand vermittelt, ist immer ein Bild. Schema ist das in der Zeit überhaupt Schwebende, Bild das in bestimmter Zeit Gesetzte, und doch für alle Zeit Setzbare, da hingegen der Gegenstand selbst für mich nur in bestimmte Zeit gesetzt ist.

problematischen, assertorischen und apodiktischen Sätze gehören nur insofern in die Logik, als sie zugleich die bloße formale Form der ursprünglichen Synthesis (die Bestimmung des Nicht-Seins durch das Sein, *Dasein überhaupt*), nicht insofern sie die materiale Form – das Dasein in der *Synthesis überhaupt*, in der bestimmten Synthesis und in *aller Synthesis* ausdrücken.

(Zusatz der ersten Aufl.:) Deswegen ist auch oben erinnert worden, daß[37]

Anmerkungen. 1. Das Ich setzt ursprünglich, und, da es die reinste Einheit ist, alles sich gleich, nichts sich entgegen. Der thetische Satz hat also eigentlich gar keinen ändern Inhalt als das Ich, denn was in ihm gesetzt ist, ist nur als Realität überhaupt als = dem Ich, in der Form seiner Identität mit dem Ich gesetzt, *i* – Die Vernunft geht im theoretischen sowohl als praktischen Gebrauche auf nichts als absolut-thetische Sätze, = dem Satz: Ich = Ich. Im theoretischen Gebrauche strebt sie, das Nicht-Ich zur höchsten Einheit zu erheben, also seine Existenz in einem thetischen Satze zu bestimmen, = dem Satze: Ich = Ich. Bei diesem nämlich fragt es sich nicht: Ist das Ich gesetzt? sondern es ist gesetzt, *weil* es gesetzt ist. Also strebt das Ich, das Nicht-Ich zu setzen, weil es gesetzt ist, d.h. es zur Unbedingtheit zu erheben. Diese *materiale* Form des Strebens der Vernunft bestimmt die formale im syllogistischen Regressus; beide gehen auf ein Streben nach thetischen Sätzen. Die theoretische Vernunft nämlich strebt in ihrem *materialen* Gebrauche notwendig nach einem *material*-thetischen Satz, dergleichen bloß der Satz Ich = Ich ist, und niemals ein andrer, der vom Nicht-Ich etwas aussagt, sein kann, weswegen auch jenes Streben auf Widersprüche führen muß; in ihrem *formalen* Gebrauche aber strebt sie nach *formal*-thetischen Sätzen, die eine ganze Reihe von Episyllogismen begründen. – Was der theoretischen Vernunft unmöglich war, indem sie durch ein

---

[37] Dasein Resultat der ersten Synthesis überhaupt sei, und der zweiten nur formal zu Grunde liege. In dieser nämlich wird es erst material bestimmt nach seinem Verhältnis zu der durch die Kategorien vermittelten Synthesis. Mithin können die Formen der zweiten Synthesis nicht, insofern sie material, sondern nur insofern sie formal bestimmt sind, d.h. die ursprüngliche Form der ersten Synthesis, Dasein überhaupt – gleichviel ob in Zeit überhaupt, in bestimmter Zeit, oder in aller Zeit – ausdrücken, in der Logik vorkommen.

Nicht-Ich beschränkt war, das tut nun die praktische, sie erreicht den einzigen absolut- (d.h. formal- und material-) thetischen Satz: Ich = Ich.

2. Die Form der Identität bestimmt schlechterdings kein *Objekt* als solches.[38] Daß aber *Leibniz*, und alle die Männer, die in seinem Geiste dachten, das Prinzip der Identität als Prinzip der objektiven Realität ansahen, ist bei weitem so unbegreiflich nicht, als es viele seinwollende Kenner der Philosophie zu finden schienen, von denen man es schon gewohnt ist, daß sie nichts begreiflicher finden, als was ihr Meister sagt, und nichts unbegreiflicher, als was diejenigen sagen, auf deren Wort sie nicht geschworen haben. Die Form der Identität ist für die *kritische*, d.h. diejenige Philosophie, die alle Realität ins Ich setzt, Prinzip aller Realität des *Ichs*, eben deswegen aber kein Prinzip *objektiver*, d.h. nicht im Ich enthaltener Realität;[39] dagegen dem *Dogmatismus* eben dieselbe Form gerade umgekehrt – Prinzip der objektiven, aber nicht der *subjektiven* Realität sein muß. Durch die Form der Identität bestimmt *Leibniz* das Ding an sich überhaupt) ohne Bezug auf ein Entgegengesetztes (das Ich), *Kant* hingegen die Realität des Ichs, ohne Bezug auf ein Entgegengesetztes, d.h. ein Nicht-Ich. Daß aber durch die Form der Identität zwar das Ding an sich überhaupt, die objektive Realität desselben, nicht aber die *subjektive*, d.h. die *Erkenntnis* des Dings an sich (das Herausgehen aus der bloßen Sphäre des Dings an sich überhaupt), be-

---

[38] Der Grundsatz der Identität ist A = A. Nun könnte ja aber A auch gar nicht wirklich sein, also erhellt, daß A durch die Form der Identität gar nicht seinem Gesetztsein außer dem Ich zufolge bestimmt, sondern nur insofern es durch das Ich, d.h. gar nicht als Objekt gesetzt ist, betrachtet wird.

[39] Sie kann Prinzip auch der objektiven Realität werden, aber nur, insofern das Setzen derselben im Ich schon vermittelt ist, bestimmt aber alsdann diese doch nicht als objektive Realität, sondern nur in der Qualität ihres Gesetztseins im Ich. – Der Satz des zureichenden Grundes, sagt Kant, kann gar nicht in der übersinnlichen Welt gebraucht werden, um irgend ein Objekt derselben zu bestimmen – deswegen, weil in dieser alles absolut ist, und jener Satz nur die Form der Bedingtheit ausdrückt. Enthielte die übersinnliche Welt wirklich Objekte, und mehr als nur absolutes Ich, so würde dieser Grundsatz in ihr so gut als in der Welt der Erscheinungen anwendbar sein. Kant braucht also auch diesen Grundsatz im übersinnlichen Gebiet nur polemisch, oder dann, wann er seinem Akkommodationssystem zufolge von Objekten der übersinnlichen Welt spricht.

stimmt sei, erklärte Leibniz so stark und so auffallend) als Kant umgekehrt erklärte, daß durch die Form der Identität zwar die *subjektive*, d.h. die bloß im Ich gesetzte Realität, nicht aber die *objektive*, nur durch ein Herausgehen aus der Sphäre des Ichs bestimmbare Realität, bestimmt sei. Für den Dogmatismus müssen thetische Sätze nur durchs Nicht-Ich, antithetische aber und synthetische nur durchs Ich, für den Kritizismus umgekehrt thetische nur durchs Ich, antithetische und synthetische nur durchs Nicht-Ich möglich werden. *Leibniz* bestimmt die absolute Sphäre durchs absolute Nicht-Ich, hebt aber dadurch nicht alle Form synthetischer Sätze auf, sondern braucht sie, um aus seiner absoluten Sphäre herauszukommen, so gut als sie Kant braucht. Beide haben, um aus dem Gebiet des Unbedingten in das des Bedingten zu kommen, dieselbe Brücke nötig. Um aus der Sphäre des Dings an sich, des *schlechthin* Gesetzten, in die Sphäre des *bestimmten* (vorstellbaren) Dings zu kommen, brauchte Leibniz den Satz des zureichenden Grundes; eben diesen – (d.h. eine Urform der Bedingtheit überhaupt) – braucht Kant, um aus der Sphäre des Ichs heraus in die Sphäre des Nicht-Ichs zu treten. Leibniz hat also den Satz der Identität so gut verstanden als *Kant*, und ihn für sein System so gut als dieser für das seinige zu brauchen gewußt: das, worin beide uneinig sind, ist nicht der *Gebrauch* desselben, sondern seine höhere *Bestimmung* durchs Absolute im System unsers Wissens.[40]

3. Für das absolute Ich gibt es keine Möglichkeit, Wirklichkeit und Notwendigkeit; denn alles, was das *absolute* Ich setzt, ist durch die bloße Form des reinen Seins bestimmt. Für das endliche Ich aber gibt es im theoretischen und praktischen Gebrauche Möglichkeit,

---

[40] Kant war der Erste, der nirgends unmittelbar, aber überall wenigstens mittelbar das absolute Ich als das letzte Substrat alles Seins und aller Identität aufstellte und zuerst das eigentliche Problem der Möglichkeit eines noch über die bloße Identität hinaus bestimmten Etwas fixierte – auf eine Art, die – (wie soll man sie beschreiben? – wer seine Deduktion der Kategorien und die Kritik der teleologischen Urteilskraft mit dem Geiste gelesen hat, mit dem alles von ihm gelesen werden muß, sieht eine Tiefe des Sinns und der Erkenntnis vor sich, die ihm beinahe unergründlich scheint) – auf eine Art, die nur einem Genius möglich scheint) – beinahe unergründlich scheint) – auf eine Art, die nur einem Genius möglich scheint, der, gleichsam sich selbst voraneilend, von dem höchsten Punkt aus nun über eben die Stufen herabsteigt, über welche andere allmählich emporsteigen müssen. (Zusatz der ersten Aufl.)

Wirklichkeit und Notwendigkeit. Und da die höchste Synthesis der theoretischen und praktischen Philosophie Vereinigung der Möglichkeit mit der Wirklichkeit – Notwendigkeit ist, so kann auch diese Vereinigung als eigentlicher Gegenstand (wenngleich nicht als letztes *Ziel*) alles Strebens aufgestellt werden. Für das unendliche Ich nämlich *würde, wenn* es überhaupt Möglichkeit und Wirklichkeit für dasselbe gäbe, alle Möglichkeit Wirklichkeit, und alle Wirklichkeit Möglichkeit sein. Für das endliche Ich aber gibt es Möglichkeit und Wirklichkeit, mithin muß sein *Streben* in bezug auf dieselbe so bestimmt werden, wie das *Sein* des unendlichen Ichs bestimmt *wäre, wenn* es mit Möglichkeit und Wirklichkeit zu tun hätte. Also *soll* das endliche Ich *streben*, alles, was in ihm möglich ist, wirklich, und was wirklich ist, möglich zu machen. Nur für das endliche Ich gibt es ein Sollen, d.h. praktische Möglichkeit, Wirklichkeit und Notwendigkeit, weil nämlich das Handeln des endlichen Ichs nicht durch bloße Thesis (Gesetz des absoluten Seins), sondern durch Antithesis (Naturgesetz der Endlichkeit) und Synthesis (moralisches Gebot) bedingt ist. Also ist *praktische Möglichkeit* Angemessenheit der Handlung zur praktischen Synthesis *überhaupt*, praktische *Wirklichkeit* Angemessenheit der Handlung zur bestimmten moralischen Synthesis, praktische Notwendigkeit endlich – (die höchste Stufe, die ein endliches Wesen *erreichen* kann) – Angemessenheit zu *aller* Synthesis (in einem System des Handelns, in welchem alles, was praktisch-möglich ist, wirklich, alles, was wirklich ist, zugleich auch möglich sein muß[41]). Dagegen beim absoluten Ich gar kein *Sollen*

---

[41] Auf dem Begriff der praktischen Möglichkeit (Angemessenheit zur Synthesis überhaupt) beruht der Begriff des Rechts überhaupt und das ganze System des Naturrechts, auf dem Begriff praktischer Wirklichkeit aber der Begriff von Pflicht und das ganze System der Ethik. Nun ist für das endliche Wesen alles, was wirklich ist, auch möglich, mithin muß, wo Pflicht: eintritt, auch ein Recht zu handeln eintreten, d.h. was der bestimmten (moralischen) Synthesis angemessen ist, muß auch der Synthesis überhaupt angemessen sein, aber nicht umgekehrt. Hingegen ist im absoluten Ich gar keine Synthesis, also auch der Begriff von Pflicht und Recht nicht denkbar; allein das endliche muß denn doch so handeln, als ob es für das absolute Ich Recht und Pflicht gäbe, also seine Handlungsweise gerade so bestimmen, wie das Sein des Unendlichen bestimmt wäre, wenn es für dasselbe Pflicht und Recht gäbe. Nun würde im absoluten Ich Pflicht und Recht identisch sein, weil in ihm alles Mögliche wirklich, und alles Wirkliche möglich wäre. Also kann der eigentliche Gegenstand alles moralischen Strebens auch als Identifizierung von Pflicht und Recht vorgestellt werden.

stattfindet, weil, was dem endlichen Ich praktisches *Gebot* ist, jenem *konstitutives* Gesetz sein muß, durch welches weder Möglichkeit, noch Wirklichkeit, noch Notwendigkeit, sondern absolutes Sein, nicht *imperativ*, sondern *kategorisch*, ausgesagt wird.

Jener Begriff des *Sollens* aber und der praktischen Möglichkeit setzt einen ändern Begriff voraus, der zu den schwersten Problemen der ganzen Philosophie den Stoff hergegeben hat. Diese müssen hier wenigstens noch kurz berührt werden.

Gibt es nämlich für das endliche Ich eine praktische *Möglichkeit*, d.h. ein *Sollen*, so ist dies schlechterdings nicht ohne den Begriff der Freiheit des *empirischen* Ichs denkbar. Schon oben (§ 8) wurde dem absoluten Ich absolute Freiheit beigelegt, d.h. Freiheit, die bloß auf sein Sein selbst gegründet ist, die ihm nur insofern zukommt, als es Ich schlechthin ist, das alles Nicht-Ich ursprünglich ausschließt. Diese absolute Freiheit des Ichs ist nur durch sich selbst begreiflich. Denn ein absolutes Ich, das alles Nicht-Ich ausschließt, hat *insofern* absolute Freiheit, die so bald aufhört unbegreiflich zu sein, als das

---

Denn, wenn jede Handlung, wozu das freie Wesen als solches ein Recht hätte, zugleich auch Pflicht wäre, so würden seine freien Handlungen keine andre Norm mehr voraussetzen als die des moralischen Gesetzes. Deswegen auch insbesondere das höchste Ziel, worauf alle Staatsverfassungen (die auf den Begriff von Pflicht und Recht gegründet sind) hinwirken müssen, nur jene Identifizierung der Rechte und Pflichten jedes einzelnen Individuums sein kann; denn woferne jedes einzelne Individuum nur durch Vernunftgesetze regiert würde, gäbe es im Staate schlechterdings keine Rechte, die nicht zugleich Pflichten wären, weil keiner auf irgend eine Handlung Anspruch machen würde, die nicht durch eine allgemeingültige Maxime möglich wäre, und das Individuum, wenn alle Individuen nur allgemeingültige Maximen befolgten, selbst nichts als seine Pflicht vor Augen hätte. Denn, wenn alle Individuen ihre Pflicht erfüllten, so würde kein einzelnes Individuum mehr fordern können, noch ein Recht haben, das durch die allgemeine Erfüllung der Pflicht nicht schon realisiert wäre. Recht aber hört sobald auf, als die Pflicht, die ihm entspricht, erfüllt ist; denn Möglichkeit überhaupt gilt nur so lange, als sie nicht von Wirklichkeit verdrungen ist, und, wer im Besitz der Wirklichkeit (der erfüllten Pflicht) ist, bekümmert sich nicht mehr um Möglichkeit (sein Recht). – Diese Idee lag auch der platonischen Republik zugrunde; denn auch in dieser sollte alles Praktisch-Mögliche wirklich, alles praktisch-wirkliche möglich sein; eben deswegen sollte in ihr aller Zwang aufhören, weil Zwang nur gegen ein Wesen eintritt, das sich der praktischen Möglichkeit verlustig macht. Aufhebung der praktischen Möglichkeit aber in einem Subjekt ist Zwang, denn praktische Möglichkeit ist nur durch Freiheit denkbar.

Ich aus der Sphäre aller Objekte, also auch aus der Sphäre aller objektiven Kausalität hinweggenommen ist. Aber das Ich in die Sphäre der Objektivität versetzen, und ihm doch noch Kausalität durch Freiheit zuschreiben wollen – dies scheint ein gewagtes Unternehmen zu sein.

Die Rede ist also hier nicht von der absoluten Freiheit des absoluten Ichs (§ 8), denn diese realisiert sich schlechthin selbst, weil sie dieselbe Kausalität des Ichs ist, mittelst welcher es sich schlechthin als Ich setzt. Das Ich ist aber nur insofern Ich, als es durch sich selbst, d.h. durch *absolute* Kausalität gesetzt ist. Also setzt das Ich, indem es sich selbst setzt, zugleich seine absolute, unbedingte Kausalität. Hingegen kann sich Freiheit des empirischen Ichs unmöglich selbst realisieren, denn das *empirische* Ich, als solches, existiert nicht durch sich selbst, durch eigne freie Kausalität. Auch könnte diese Freiheit des empirischen Ichs nicht, wie die des absoluten Ichs, absolut sein, denn durch diese wird schlechthin und zwar bloße Realität des Ichs *gesetzt*, durch die Kausalität jener aber soll erst die absolute Realität des Ichs *hervorgebracht* werden. Jene ist durch sich selbst, und absolut-unendlich, diese empirisch-unendlich, weil, eine absolute Realität hervorzubringen, eine empirisch-unendliche Aufgabe ist. Jene ist schlechthin immanent, denn sie ist nur insofern, als das Ich reines Ich, und nicht genötigt ist aus sich selbst herauszugehen, diese ist nur als *transzendentale* Freiheit bestimmbar, d.h. als Freiheit, die nur *in bezug* auf Objekte, obgleich nicht *durch* sie, wirklich ist.

Das Problem der transzendentalen Freiheit hat von jeher das traurige Los gehabt, immer mißverstanden und immer wieder aufgeworfen zu werden. Ja, selbst nachdem die Kritik der reinen Vernunft so großes Licht darüber verbreitet hat, scheint doch bis jetzt noch der eigentliche Streitpunkt nicht scharf genug bestimmt zu sein. Der eigentliche Streit betraf niemals die Möglichkeit absoluter Freiheit; denn ein Absolutes schließt schon durch seinen Begriff jede Bestimmung durch fremde Kausalität aus; die absolute Freiheit ist nichts anders, als die absolute Bestimmung des Unbedingten durch die bloßen (Natur-) Gesetze seines Seins, Unabhängigkeit desselben von allen nicht durch sein Wesen selbst bestimmbaren Gesetzen, von allen Gesetzen, die etwas in ihm setzen würden, was nicht schon durch sein bloßes Sein, durch sein Gesetztsein überhaupt, gesetzt wäre (Moralgesetzen). Die Philosophie mußte also entweder das Absolute überhaupt leugnen, oder, wenn sie dieses eingeräumt hatte, ihm auch *absolute Freiheit* beilegen. Der eigentliche Streit konnte also nie absolute, sondern nur *transzendentale Freiheit*, d.h. die Freiheit eines durch Objekte bedingten empirischen Ichs betreffen. Das Unbegreifliche ist nicht, wie ein absolutes, sondern wie ein *empirisches Ich* Freiheit haben, solle, nicht wie ein intellektuales Ich[42] intellektual, d.h. absolut-frei sein könne, sondern wie es möglich sei, daß ein *empirisches* Ich zugleich *intellektual* sei, d.h. Kausalität durch Freiheit habe.

Das *empirische* Ich existiert nur mit und durch Objekte. Aber Objekte allein würden niemals ein *Ich* hervorbringen. Daß das empirische Ich *empirisch* ist, muß es den Objekten, daß es überhaupt *Ich* ist, nur einer hohem Kausalität verdanken. In einem System, das die Realität der Dinge an sich behauptet, ist selbst das empirische Ich unbegreiflich; denn da durch das Setzen eines absoluten, allem Ich vorhergehenden Nicht-Ichs alles absolute Ich aufgehoben ist, so begreift man nicht, wie durch dieselben Objekte nun ein empirisches Ich hervorgebracht werden soll. Noch viel weniger aber kann von transzendentaler Freiheit eines empirischen Ichs in einem solchen Systeme die Rede sein. Wenn aber Ich als das Absolute, alles Nicht-Ich schlechthin ausschließende, gesetzt ist, so kommt ihm nicht nur ursprünglich eine absolute Kausalität zu, sondern es wird auch begreiflich, wie ein empirisches Ich, und in diesem transzendentale Freiheit wirklich sei.

---

[42] Kant bemerkt sehr richtig, daß sich der Ausdruck intellektual nur auf Erkenntnisse beziehe, was aber nur Gegenstand dieser Erkenntnisse sei, intelligibel genannt werden müsse. Diese Bemerkung gilt dem Dogmatismus, der, da er intelligible Objekte zu erkennen vermeint, allerdings von diesen Objekten den Ausdruck intellektual nicht gebrauchen sollte; für den Kritizismus aber (wenigstens den vollendeten) bedarf es dieser Unterscheidung nicht, da er gar keine intelligiblen Objekte zuläßt, und nur dem, was gar nicht Objekt werden kann, dem absoluten Ich, Intellektualität beilegt. Beim absoluten Ich nämlich, das nie zum Objekt werden kann, fällt das Principium essendi und cognoscendi zusammen; mithin muß man ebensowohl vom Ich als z.B. von seiner Anschauung den Ausdruck intellektual gebrauchen. Hingegen kann das empirische Ich, insofern seine Kausalität in der Kausalität des Absoluten befaßt ist, intelligibel heißen, weil es einerseits als Objekt, andererseits als durch absolute Kausalität bestimmbar betrachtet werden muß.

Daß nämlich das empirische Ich *Ich* ist, verdankt es derselben absoluten Kausalität, durch welche das absolute Ich *Ich* ist; den *Objekten* aber verdankt es nichts als seine Schranken und die Endlichkeit seiner Kausalität. Also ist die Kausalität des empirischen Ichs von der des absoluten schlechterdings nicht dem Prinzip (der *Qualität*), sondern nur der *Quantität* nach verschieden. Daß sie Kausalität durch Freiheit ist, verdankt sie ihrer Identität mit der absoluten, daß sie *transzendentale* (empirische[43]) Freiheit ist, nur ihrer Endlichkeit; sie ist also im Prinzip, von dem sie ausgeht, *absolute* Freiheit, und wird nur erst, wenn sie auf ihre Schranken stößt, *transzendental*, d.h. Freiheit eines empirischen Ichs.

Die Freiheit des empirischen Ichs ist also nur durch ihre Identität mit der absoluten begreiflich, und kann demnach durch keine *objektiven* Beweise erreicht werden, denn sie kommt dem Ich zwar *in bezug auf Objekte*, aber doch nur insofern es in der absoluten Kausalität des absoluten Ichs befaßt ist, zu. Aber ebensowenig realisiert sie sich selbst, denn als transzendentale Freiheit ist sie nur im empirischen Ich wirklich, nichts Empirisches aber realisiert sich selbst. Da sie aber nur durch die absolute Kausalität möglich ist, so ist sie im empirischen Ich nur durch irgend ein Faktum realisierbar, durch welches sie als identisch mit der absoluten gesetzt wird. Allein das empirische Ich ist gerade nur durch Einschränkung des Absoluten, d.h. durch Aufhebung desselben als eines Absoluten wirklich. Insofern also das empirische Ich bloß in bezug auf Objekte als Schranken des absoluten betrachtet wird (theoretische Philosophie), kann seine Kausalität schlechterdings nicht als identisch mit der absoluten gedacht werden; soll dies geschehen, so muß die Kausalität des empirischen Ichs in bezug (nicht auf Objekte, sondern) auf *Negation* aller Objekte gedacht werden. Denn Negation der Objekte ist gerade dasjenige, worin beide, absolute und transzendentale Freiheit, zusammenstimmen können. Denn empirische Freiheit kann zwar nur auf *empirische* (empirisch-hervorzubringende), nicht auf absolute Negation der Objekte gehen, wie die Kausalität des absoluten Ichs, aber doch treffen beide in der Negation zusammen, und wenn sich eine *solche* Kausalität des empirischen Ichs aufzeigen läßt, so ist

---

[43] Es ist schon oben § 6, Anm. bemerkt worden, daß das Wort empirisch gewöhnlich in einem viel eingeschränktem Sinne genommen wird.

auch erwiesen, daß sie von der absoluten Kausalität nicht der *Art*, nicht dem *Prinzip*, sondern nur der *Quantität* nach (durch ihre Schranken) verschieden ist. Absolute Kausalität kann im empirischen Ich nicht kategorisch *gesetzt* werden, denn sonst hörte es auf empirisch zu sein, also kann sie nur *imperativ* in ihm gesetzt sein durch ein Gesetz, das Negation aller Objekte, d.h. absolute Freiheit fordert; denn absolute Kausalität kann nur von einer *solchen* Kausalität *gefordert* werden, die nicht *selbst* absolute Freiheit ist, aber doch von der absoluten nicht der Qualität, sondern nur der *Quantität* nach verschieden ist.

Transzendentale Freiheit ist also nicht bloß durch die Form des moralischen Gesetzes, sondern auch durch die *Materie* desselben realisiert. Denn das moralische Gesetz, das nur im endlichen Ich möglich ist, weil nur von diesem Identität mit dem Unendlichen *gefordert* werden kann, geht zwar nicht auf *absolute* Negation aller Objekte (konstitutiv), aber doch imperativ auf *bedingte*, d.h. empirisch- (progressiv-) hervorzubringende Negation derselben, also auf absolute Kausalität des Ichs, zwar nicht als auf etwas *kategorisch Gesetztes*, aber doch als auf etwas *Hervorzubringendes*. Solche Forderungen aber können nur an eine Kausalität gemacht werden, die von der absoluten bloß durch Schranken verschieden ist, weil sie das, was diese schlechthin setzt, in sich selbst *hervorbringen*, d.h. durch Aufhebung ihrer Schranken setzen, soll.[44]

---

[44] Den Unterschied der obigen Darstellung von der Reinholdischen Theorie der Freiheit wird jeder von selbst einsehen, der dem Faden unserer Untersuchung bis hierher gefolgt ist. Reinholds Theorie hat sehr große Verdienste, aber in seinem System (das nur vom empirischen Ich ausgeht) ist sie unbegreiflich, und es würde ihrem scharfsinnigen Urheber selbst schwer fallen, seinem Systeme Einheit und seiner Theorie der Freiheit einen durch das oberste Prinzip (das nicht nur dem Ganzen zugrunde liegen, sondern durch alle einzelnen Teile des Systems hin durch herrschen soll) begründeten Zusammenhang mit seinem übrigen Systeme zu geben. – Die vollendete Wissenschaft scheut alle philosophischen Kunststücke durch die das Ich selbst gleichsam zerlegt und in Vermögen, die unter keinem gemeinschaftlichen Prinzip der Einheit denkbar sind, zerspaltet wird. Die vollendete Wissenschaft geht nicht auf tote Vermögen, die keine Realität haben und nur in der künstlichen Abstraktion wirklich sind; vielmehr geht sie auf lebendige Einheit des Ichs, das in allen Äußerungen seiner Tätigkeit dasselbe ist; in ihr werden alle die verschiedenen Vermögen und Handlungen, die die Philosophie von jeher aufgestellt hat, nur Ein Vermögen,

Nun ist zwar eine transzendentale Kausalität des empirischen Ichs wohl begreiflich, wenn sie die unendliche selbst, nur unter den Bedingungen der Endlichkeit gedacht, ist; allein, da das empirische Ich selbst nur *erscheinende* Realität hat, und unter demselben Gesetze der *Bedingtheit* steht, unter welchem alle Erscheinungen stehen, so tritt die neue Frage ein: wie die transzendentale (durch absolute Kausalität bestimmte) Kausalität des empirischen Ichs mit der Naturkausalität desselben Ichs übereinstimmen könne?

In einem System, das die Realität der Dinge an sich behauptet, kann diese Frage schlechterdings nicht gelöst, ja nicht einmal aufgeworfen werden.

Denn das System, das vor allem Ich ein absolutes Nicht-Ich setzt, hebt eben dadurch das absolute Ich auf,[45] , weiß also nicht einmal von einer *absoluten* Freiheit des Ichs, geschweige denn von einer transzendentalen. Wenn aber ein solches System inkonsequent genug ist, einerseits Dinge an sich, andrerseits eine transzendentale Freiheit des Ichs zu behaupten, so wird es niemals, selbst nicht durch eine prästabilierte Harmonie, die Zusammenstimmung der Naturkausalität mit der Kausalität durch Freiheit begreiflich machen; denn auch eine prästabilierte Harmonie kann nicht zwei schlechthin entgegengesetzte Absoluta vereinigen, was doch der Fall sein müßte, da einerseits ein absolutes Nicht-Ich, andrerseits ein

---

nur Eine Handlung desselben identischen Ichs. – Selbst die theoretische Philosophie ist nur in bezug auf dieselbe Kausalität des Ichs möglich, die in der praktischen realisiert wird; denn sie dient nur dazu, die praktische Philosophie vorzubereiten und der durch dieselbe bestimmten Kausalität des Ichs ihre Objekte zu sichern. Endliche Wesen müssen existieren, damit das Unendliche seine Realität in der Wirklichkeit darstelle. Denn auf diese Darstellung der unendlichen Realität in der Wirklichkeit geht alle endliche Tätigkeit; und die theoretische Philosophie ist nur dazu bestimmt, dieses Gebiet der Wirklichkeit für die praktische Kausalität zu bezeichnen und gleichsam abzustecken. Die theoretische Philosophie geht nur darum auf Wirklichkeit, damit die praktische Kausalität ein Gebiet finde, worin jene Darstellung der unendlichen Realität – die Lösung ihrer unendlichen Aufgabe – möglich ist.

[45] Es ist unmöglich, daß zwei Absoluta nebeneinander bestehen. Wird also das Nicht-Ich vor allem Ich absolut gesetzt, so kann ihm das Ich nur als absolute Negation entgegengesetzt werden. Zwei Absoluta können unmöglich als solche in einer ihnen vorhergehenden oder nachfolgenden Synthesis befaßt werden; weswegen auch, wenn das Ich vor allem Nicht-Ich gesetzt wird, dieses in keiner Synthesis als absolut (als Ding an sich) gesetzt werden kann.

empirisches Ich angenommen wird, das ohne ein Absolutes unbegreiflich ist.

Wenn aber die Objekte selbst nur durchs absolute Ich (als den Inbegriff *aller* Realität) Realität erhalten, und daher nur in und mit dem empirischen Ich existieren, so ist jede Kausalität des empirischen Ichs (dessen Kausalität überhaupt nur durch die Kausalität des Unendlichen möglich, und von dieser nicht der Qualität, sondern nur der Quantität nach verschieden ist) zugleich eine Kausalität der Objekte, die ihre Realität gleichfalls nur dem Inbegriff *aller* Realität, dem Ich, verdanken. Dadurch erhalten wir ein Prinzip *prästabilierter Harmonie*, das aber bloß *immanent*, und nur im absoluten Ich bestimmt ist. Weil nämlich nur in der Kausalität des absoluten Ichs eine Kausalität des empirischen möglich ist, und die Objekte gleichfalls ihre Realität nur durch die absolute Realität des Ichs erhalten, so ist das absolute Ich das gemeinschaftliche Zentrum, in welchem das Prinzip ihrer Harmonie liegt. Denn die Kausalität der Objekte harmoniert mit der Kausalität des empirischen Ichs nur deswegen, weil sie nur in und mit dem empirischen Ich existieren; daß sie aber nur in und mit dem empirischen Ich existieren, kommt bloß daher, daß beide, die Objekte und das empirische Ich, ihre Realität nur der unendlichen Realität des absoluten Ichs verdanken.

Durch eben diese prästabilierte Harmonie läßt sich nun auch die notwendige Harmonie zwischen Sittlichkeit und Glückseligkeit begreifen. Denn da reine Glückseligkeit, von der allein die Rede sein kann, auf Identifizierung des Nicht-Ichs und des Ichs geht, so ist, da Objekte überhaupt nur als Modifikationen der absoluten Realität des Ichs wirklich sind, jede Erweiterung der Realität des Ichs (moralischer Fortschritt) Erweiterung jener Schranken und Annäherung derselben zur Identität mit der absoluten Realität, d.h. zu ihrer gänzlichen Aufhebung. Wenn es also fürs absolute Ich kein Sollen, keine praktische Möglichkeit gibt, so würde, wenn das Endliche jemals seine ganze Aufgabe lösen könnte, das Freiheitsgesetz (des Sollens) die Form eines Naturgesetzes (des Seins) erhalten; und umgekehrt, da das Gesetz seines Seins nur durch Freiheit *konstitutiv* geworden wäre, dieses Gesetz selbst zugleich ein Gesetz der Freiheit sein.⁴⁶ Also ist das letzte, worauf alle Philosophie hinführt, kein objektives, sondern ein *immanentes* Prinzip prästabilierter Harmonie, in welchem Freiheit und Natur identisch sind, und dieses Prinzip ist nichts anderes, als das absolute Ich, von dem alle Philosophie ausging.

Gibt es für das unendliche Ich keine Möglichkeit, Notwendigkeit und Zufälligkeit, so kennt es auch keine *Zweckverknüpfung* in der Welt. *Gäbe* es für das unendliche Ich Mechanism oder Technik der Natur, so *wäre* ihm Technik Mechanism und Mechanism Technik, d.h. beide fielen in seinem absoluten Sein zusammen. Demnach muß selbst die theoretische Nachforschung das Teleologische als mechanisch, das Mechanische als teleologisch, und beides als in Einem Prinzip der Einheit befaßt betrachten, das sie zwar nirgends (als Objekt) zu realisieren imstande, doch aber vorauszusetzen genötigt ist, um die Vereinigung der beiden widerstreitenden Prinzipien (des mechanischen und teleologischen), die in den Objekten *selbst* unmöglich ist, in einem über alle Objekte erhabenen Prinzip begreifen zu können. So, wie die praktische Vernunft genötigt ist, den Widerstreit zwischen Freiheits- und Naturgesetzen in einem höheren Prinzip zu vereinigen, in welchem Freiheit selbst Natur und Natur Freiheit ist,⁴⁷ muß die theoretische Vernunft in ihrem *ideologischen* Gebrauche auf ein höheres Prinzip kommen, in wel-

---

⁴⁶ Hierdurch läßt sich auch die Frage beantworten, welches Ich denn eigentlich ins Unendliche fortschreiten soll? Die Antwort ist: das empirische, das aber nicht in der intelligibeln Welt fortschreitet; denn sowie es in dieser wäre, hörte es auf, empirisches Ich zu sein, weil in der intelligibeln Welt alles absolute Einheit, also kein Fortschritt, keine Endlichkeit gedenkbar ist. Das endliche Ich ist also zwar nur durch intelligible Kausalität Ich, aber als endliches Wesen, solange es endliches Wesen ist, seinem Dasein nach nur in der empirischen Welt bestimmbar. Nun kann zwar das endliche Wesen, da seine Kausalität selbst in die Linie der unendlichen fällt, die Schranken seiner Endlichkeit immer mehr erweitern; allein, da dieser Progressus die Unendlichkeit vor sich hat, ist eine immerfort größere Erweiterung derselben möglich, weil, wenn diese irgendwo aufhören könnte, das Unendliche selbst Schranken haben müßte.

⁴⁷ Hieraus erhellt auch, wie und inwiefern Teleologie das verbindende Mittelglied zwischen theoretischer und praktischer Philosophie sein könne.

chem Finalität und Mechanism zusammenfallen[48] das aber eben deswegen schlechterdings nicht als Objekt bestimmbar sein kann.

Was für das absolute Ich *absolute* Zusammenstimmung ist, ist für das endliche *hervorgebrachte*, und das Prinzip der Einheit, das für jenes *konstitutives* Prinzip *immanenter* Einheit ist, ist für dieses nur *regulatives* Prinzip *objektiver* Einheit, die zur immanenten *werden* soll. Also *soll* auch das endliche Ich *streben*, in der Welt das *hervorzubringen*, was im Unendlichen Wirklich *ist*, und der höchste Beruf des Menschen ist – Einheit der Zwecke in der Welt zum Mechanism, Mechanism aber zur Einheit der Zwecke zu machen.

(vgl. Schelling-W Bd. 1, S. 2 ff.)

---

[48] Auch Spinoza wollte, daß im absolutem Prinzip Mechanism und Finalität der Ursachen als in derselben Einheit befaßt gedacht werden. Aber, da er das Absolute als absolutes Objekt bestimmte, konnte er freilich nicht begreiflich machen, wie teleologische Einheit im endlichen Verstande nur durch ontologische im unendlichen Denken der absoluten Substanz bestimmt sei, und Kant hat ganz recht, wenn er sagt, der Spinozism leiste nicht, was er wolle. – Vielleicht aber sind nie auf so wenigen Blättern so viele tiefe Gedanken zusammengedrängt worden, als in der Kritik der teleologischen Urteilskraft § 76 geschehen ist. (Statt »Finalität« Z. 1 und »Finalität der Ursachen« Z. 13 steht in der ersten Auflage »Teleologie«. A. d. O.)

Über tredition

Eigenes Buch veröffentlichen

tredition wurde 2006 in Hamburg gegründet und hat seither mehrere tausend Buchtitel veröffentlicht. Autoren veröffentlichen in wenigen leichten Schritten gedruckte Bücher, e-Books und audio-Books. tredition hat das Ziel, die beste und fairste Veröffentlichungsmöglichkeit für Autoren zu bieten.

tredition wurde mit der Erkenntnis gegründet, dass nur etwa jedes 200. bei Verlagen eingereichte Manuskript veröffentlicht wird. Dabei hat jedes Buch seinen Markt, also seine Leser. tredition sorgt dafür, dass für jedes Buch die Leserschaft auch erreicht wird.

Im einzigartigen Literatur-Netzwerk von tredition bieten zahlreiche Literatur-Partner (das sind Lektoren, Übersetzer, Hörbuchsprecher und Illustratoren) ihre Dienstleistung an, um Manuskripte zu verbessern oder die Vielfalt zu erhöhen. Autoren vereinbaren direkt mit den Literatur-Partnern die Konditionen ihrer Zusammenarbeit und partizipieren gemeinsam am Erfolg des Buches.

Das gesamte Verlagsprogramm von tredition ist bei allen stationären Buchhandlungen und Online-Buchhändlern wie z. B. Amazon erhältlich. e-Books stehen bei den führenden Online-Portalen (z. B. iBookstore von Apple oder Kindle von Amazon) zum Verkauf.

Einfach leicht ein Buch veröffentlichen: **www.tredition.de**

Eigene Buchreihe oder eigenen Verlag gründen

Seit 2009 bietet tredition sein Verlagskonzept auch als sogenanntes "White-Label" an. Das bedeutet, dass andere Unternehmen, Institutionen und Personen risikofrei und unkompliziert selbst zum Herausgeber von Büchern und Buchreihen unter eigener Marke werden können. tredition übernimmt dabei das komplette Herstellungs- und Distributionsrisiko.

Zahlreiche Zeitschriften-, Zeitungs- und Buchverlage, Universitäten, Forschungseinrichtungen u.v.m. nutzen diese Dienstleistung von tredition, um unter eigener Marke ohne Risiko Bücher zu verlegen.

Alle Informationen im Internet: **www.tredition.de/fuer-verlage**

tredition wurde mit mehreren Innovationspreisen ausgezeichnet, u. a. mit dem Webfuture Award und dem Innovationspreis der Buch Digitale.

tredition ist Mitglied im Börsenverein des Deutschen Buchhandels.

Dieses Werk elektronisch lesen

Dieses Werk ist Teil der Gutenberg-DE Edition DVD. Diese enthält das komplette Archiv des Projekt Gutenberg-DE. Die DVD ist im Internet erhältlich auf **http://gutenbergshop.abc.de**